024

БЕЛЫЕ НОЧИ

白夜

Ф.М.Достоевский

[俄] 陀思妥耶夫斯基 著

郭家申 译

中信出版集团 | 北京

图书在版编目(CIP)数据

白夜 /（俄罗斯）陀思妥耶夫斯基著；郭家申译 .
北京：中信出版社, 2025.7.(2025.11 重印) --（无界文库）.
ISBN 978-7-5217-7763-5

Ⅰ . I512.44
中国国家版本馆 CIP 数据核字第 202519WF29 号

白夜
（无界文库）

著者： [俄] 陀思妥耶夫斯基
译者： 郭家申
出版发行： 中信出版集团股份有限公司
（北京市朝阳区东三环北路 27 号嘉铭中心　邮编　100020）
承印者： 嘉业印刷（天津）有限公司

开本：787mm×1092mm 1/32	印张：6.25	字数：74 千字
版次：2025 年 7 月第 1 版	印次：2025 年 11 月第 3 次印刷	

书号： ISBN 978-7-5217-7763-5
定价：19.90 元

版权所有·侵权必究
如有印刷、装订问题，本公司负责调换。
服务热线：400-600-8099
投稿邮箱：author@citicpub.com

白夜

(感伤的浪漫史)
——一个幻想者的回忆

……也许,它来到世间只是为了

在你的心房昙花一现?……

伊凡·屠格涅夫[1]

---

1 引自伊凡·屠格涅夫的《花》一诗,原诗句为:"须知它被创造出来 / 只是为了能瞬息之间 / 与你的心紧密相伴。"

第一夜

这是一个奇妙的夜晚,亲爱的读者,这样的夜晚只有在我们年轻的时候才会出现。满天的星斗,晴朗的夜空,抬头望去,不禁会自问:难道各种各样脾气暴躁、性情古怪的人也生活在这同一个天空之下吗?这是个幼稚的问题。亲爱的读者,很幼稚,但上帝却常常在您的心里勾起!……谈到性情古怪和种种脾气暴躁的先生,不能不使我记起自己一整天来所做的好事。从清晨起,我就感到一种莫名其妙的烦恼。我忽然觉得大家都在遗弃我这个孤独的人,都在躲避我。当然,有人可能会问:这"大家"是指谁呀?因为我在彼得堡已经住了八年,几乎连一个熟人也没有。何必要结识朋友呢?没有朋友,整个彼得堡的人我照样全都认识;正因为如此,当全彼得堡的人行动起来,忽然要去别墅的时候,我感到这是大家在遗弃我。我害怕被单独撇下。三天来我一直在城里犹豫徘徊,陷入深深的苦恼之中,我自己也不知道这究竟是怎么回事。无论是我来到涅瓦大街,走进公园还是漫步河畔,几乎连一个在特定的时间和地点终年常见的人也看不到。当然,这些人并不认识我,可是我却认识他们。我很熟悉他们,几乎还仔细地研究过他们每个人的相貌——当他们兴高采烈的时候,我欣慰地望着他们;当他们愁云满面的时候,我也闷闷不乐。有一个老人,我们几乎交上了朋友;我每天在一个固定的时间总要在芳坦卡街遇到他。他神态庄重,若有所思,总是在喃喃地说着什么,左手不时地挥动,右手握着一根带有镶金头的多节长拐杖。他甚至也注意到了我,并表现出很关心我的样子。如果在那个特定的时间内我没有来到芳坦卡街这个老地方,我相信他一定会愁眉不展的。所以,有时候我们几乎就要相互致意了——尤其是当我们两人心情都很好的时候。不久前,我们有整整两天没有见面,第三天相遇时,我们彼此都已经要脱帽致意了,幸好及时醒悟过来,垂下手,心照不宣地擦肩而过。我也认识这一幢幢的楼房。当我走在街上的时候，每一幢楼房仿佛都跑在我的前面，张开所有的窗口望着我，几乎要说："您好，身体好吗？我嘛，托上帝的福，身体还好，五月份我这里将要再增添一层楼了。"或者是说："您身体可好？明天要给我大修缮了。"再不就是："我险些被烧，吓了一跳。"如此等等。这些楼房中既有我特别喜爱的人，也有我的好友；有一幢楼房打算今年夏天交给建筑师修葺。每天我总特意地去看一看——愿上帝保佑，可别修坏了！……然而我永远不会忘记那幢漂亮的粉红色小楼的事。这是一座小巧玲珑的石头建筑，它总是那么亲切地望着我，傲视着周围那些笨头笨脑的邻舍。每当我从它旁边经过时，心里总感到十分高兴。突然，就在上周，我从街上走过时看了我这朋友一眼——我听到了一个抱怨的声音："把我涂成黄色了！"这批恶棍！野蛮人！他们什么也不放过：圆柱、飞檐都涂成了黄色，我的朋友变得像一只金丝雀。这件事几乎把我气炸了肺，至今我还没有勇气再去看望我那被糟蹋得不成样子的可怜朋友——它完全被涂染成中国皇家的颜色[1]了。

---

1 指中国皇帝御用的黄色。——译者注（如无特殊说明，书中脚注均为译者注）

所以，亲爱的读者，现在您该明白我是怎样熟悉整个彼得堡了吧。

我已经说过，在我猜出自己不安的原因以前，我已经苦恼了整整三天了。在街上，我的情绪不佳（这个没了，那个不见了，某某又到哪儿去了？）——但是在家里，同样是六神无主。有两个晚上，我苦思冥想：我这个家里缺少什么吗？为什么待在家里这么不自在呢？我迷惑不解地望着室内熏黑了的绿色墙壁，布满了蜘蛛网的天花板，这是玛特辽娜培育有方的结果。我仔细看过所有的家具，察看了每一把椅子，心想毛病是不是出在这儿（因为即使有一把椅子摆得跟昨天不一样，我也会因此心神不定）？我还察看了窗子，但这一切都不管用……心情丝毫没有好转！我甚至把玛特辽娜叫了来，就蜘蛛网和各方面的邋遢劲儿对她当面提出严厉的警告；但是她只是吃惊地看了我一眼，一句话没说便走了，因此蜘蛛网至今还安然无恙地挂在老地方。直到今天早上我才终于猜到了问题之所在。哎呀！原来他们是想从我身旁溜进别墅里去呀！请原谅我用了个不雅的字眼儿，但现在我实在顾不上再文绉绉的了……因为彼得堡所有的人，要么已

6

经到了别墅,要么正待起程;因为每个雇好了马车、衣冠楚楚的可敬的先生,在我面前摇身一变,立即成了令人尊敬的一家之长,在履行完日常公务之后正在轻松地投入家庭的怀抱,到别墅去度假;因为每个过往行人的脸上此时此刻都现出一副很特别的神情,仿佛对每一个遇到的人都要说:"先生们,我们只是顺道经过这里,两个小时后我们就抵达别墅了。"窗户被打开了,起初,一只像砂糖一样白皙的纤细小手轻轻地拍打着窗子,然后,一位妙龄女郎探头窗外,招呼卖花人过去——我当时就觉得,这些花只不过是被随便买下而已,换句话说,完全不是为了在令人窒息的城市住宅里享受一下春光和鲜花的美丽,因为他们很快就要到别墅去,所买鲜花是为了随身带走的。不仅如此,我已经在一项独特的新发现中做出了这样的成就,即我只需看上一眼,就能够准确地指出什么人住在什么别墅。卡明岛和阿普捷卡尔岛上的人或彼得戈夫路的居民,都很讲究待人接物方面的礼貌、漂亮的夏季时装和进城用的华丽的马车。帕尔戈洛夫或更远一点的居民,看上去就"给人"一种知书达理和庄重豁达的印象;十字岛上的访客则以他们恬静愉快的神态著称。有时我看到一长串的马车夫,他们手握缰绳,懒洋洋地跟在车旁,车上各式家具堆积如山:桌子、椅子、土耳其式的和非土耳其式的沙发等家庭什物;最高处常常端坐着一位厨娘,身体虽然孱弱,但对老爷的家产却视若至宝,像爱护自己的眼珠一般。有时我还看到满载家私的货船,沉重地沿涅瓦河或芳坦卡河朝黑河或岛上划去——大车和船只十倍百倍地从我眼前经过;看来一切都动了起来,车装船载地向别墅涌去。整个彼得堡眼看就要走空,我心里感到很不是滋味,既伤心又生气;我无处可去,也无缘住什么别墅。我愿跟每一辆大车而去,跟任何一位雇有车夫、仪表堂堂的绅士同往;但是没有人,没有任何一个人来邀请我;仿佛完全忘掉了我,好像他们压根儿不认识我似的!

我走了很久,像平常那样,全然不知道我是在什么地方。正在这时,我突然发现自己来到了城门口。霎时间,欣喜之情油然而生,我越过栏杆,踏入麦田与草地之间,丝毫也不感到倦意。我心里有一种如释重负的感觉。路上行人对我十分友善,他们简直就要向我脱帽致意了;人人都在为什么事而高兴,所有的人都口衔雪茄烟。我也感到从未有过的快活。仿佛我一下子来到了意大利——大自然的景色使我这个几乎被窒息在城内的体弱多病的人万分惊讶。

当春风化雨,大自然突然显示出其全部的威力,表现出上天赐予它的力量,到处芳草萋萋、鲜花丛生的时候,我们彼得堡的自然风光着实有一种难以言表的动人情景……它不由得使我想起一个患肺病的羸弱女子。对于她,您也许时而惋惜,时而同情,有时干脆会忘记她的存在,但是她却会突然出现在您的面前——仿佛是某种偶然的巧合——犹如昙花一现,奇风异彩,艳美俏丽,于是您瞠目结舌,飘飘欲仙,心中不禁问道:是何力量促使这双沉思哀伤的眼睛发出这火一般的光芒?是什么引起她苍白消瘦的面颊泛起绯红的润彩?使她那秀丽的面容这样热情奔放的又是什么?为什么她的胸部如此起伏异常?是什么东西在这位姑娘的脸上唤起了力量、生命和艳丽,使她变得如此容光焕发,笑容可掬?您环顾四周,好像在寻找什么人,您揣度猜测……但是,这短短的瞬间一过,也许就在次日,您遇到的便仍然是忧心忡忡、无精打采的目光,同样苍白无神的面孔,同样温顺怯弱的举止,甚至是懊悔和一时的感情冲动导致的痛苦与烦恼的痕迹……您会为那一瞬间的艳美消失得如此之快且永不复归而引以为憾,为它如此缥缈虚无地在您的面前一闪而过而惋惜流连——您深为遗憾,是因为您甚至还没有来得及爱上她……

但是我过的这一夜毕竟要比白天好些!事情是这样的:

我回城时天色已经很晚,我返回寓所时,钟已敲过十点了。我沿着河堤走去,这时岸边空无一人。是的,我住在城角一个非常偏远的地方。我边走边唱,因为我心情舒畅的时候总是一个人要哼点什么,就像任何一个没有知心朋友的人遇到喜事、无人诉说的情形那样。忽然,我遇上一件万万意想不到的事情。

路旁的河边站着一位女子,她俯身于堤边的栏杆上,双肘支撑着身体,仿佛正聚精会神地凝视着浑浊的河水。她头戴一顶十分可爱的小黄帽,身穿一件十分动人的黑色披肩。我想:"这是一位姑娘,而且肯定是个黑发女子。"她似乎没有听到我的脚步声,当我屏住呼吸、心怦怦直跳地从她身旁走过时她甚至连动都没有动一下。"奇怪呀!"我想,"显然,她在想什么事想得入迷了。"突然,我停下脚步,呆呆地伫立不动了。我听到一种低沉的啜泣声。是的!我没有听错:这位姑娘在哭!不一会儿,又听见她抽抽噎噎的低泣声。天呀!我的心紧缩成一团。不管我一见女人有多么羞怯,但要知道,遇到这样的时刻!……假如不是我知道"女士"这个词在所有俄国上流社会的小说中早已用滥了的话,我肯定会回转身去对她这样称呼的!正是由于我知道这一点,我才没有喊出"女士"来。但正在我想找个恰当用词儿的时候,这姑娘已经清醒过来。她向周围打量了一下,好像忽然想起了什么似的,低着头匆匆地从我身旁沿河走去。我立即尾随过去,但是当觉察出我在她身后时,她便离开河堤,穿过大街,沿人行道而去。我没有勇气过街去追她。我的心像一只被抓住的小鸟的心那样怦怦直跳。这时突然发生的一件事帮了我的忙。

距这陌生女子不远,从人行道的对面,忽然走过来一位年纪不轻的穿燕尾服的先生,但是他走路的姿态与他令人起敬的年纪却很不相称。他摇摇晃晃地小心倚墙而行。这姑娘又害怕又着急,正像所有不希望深夜有人主动提出陪送回家的姑娘那样,她一个劲儿地疾步行走。当然,如果不是我的命运点拨这位跌跌撞撞的先生采取点非常办法的话,他是无论如何也追不上她的。突然,这位先生一句话没说,撒腿便跑,朝那陌生女子追去。姑娘一阵风似的快步走去,但这位东倒西歪的先生还是追上了她。姑娘尖叫了一声……值得庆幸的是这时我右手恰好握有一根漂亮的多节木头手杖,我迅速赶上前去,那位不速之客立即明白是怎么回事了,他露出无可奈何的样子,默默地停住了脚步。只是在我们已经离开很远时,他才相当起劲儿地骂起我来。但他骂的话我们已经听不大清楚了。

"请把胳膊伸给我。"我对那陌生女子说,"这样他就不敢再来纠缠我们了。"

她默默地把手伸过来,由于紧张和害怕,这只手还在微微地颤抖。啊,这位不速之客!此时此刻我是多么感激你呀!我偷眼瞧了她一下:这是一位非常可爱的黑发姑娘——我猜中了。她那黑黑的睫毛上还挂着晶莹的泪水——不知是由于刚刚的惊骇还是由于原来的痛苦。但是她的嘴角上已露出了笑意。她也偷偷望了我一眼,羞涩地低下了头。

"瞧,您刚才何必要躲开我呢?假如有我在,什么事也不会发生……"

"可是当时我不了解您。我以为您也是……"

"难道现在您就了解我吗?"

"稍稍有一点。比如通过刚才这件事吧。您为什么总是颤抖?"

"噢,您一眼就看出来了!"我兴奋地答道,我为这位姑娘的聪明而高兴:美貌从来不会妨碍这一点。"是的,您一下子便猜中了您是在跟什么人打交道。的确,我不否认,我一看见女人就很害羞,容易心慌意乱,就像几分钟前那位先生把您吓的那个样子……现在我就有点儿害怕。简直像一场梦,甚至做梦也没有想到会跟任何女人谈话。"

"是吗?当真这样?"

"是的。如果说我的手在发抖,那是因为它从来还没有被像您这样可爱的小手挽过。我完全不会跟女人打交道。我是说,跟她们来往我总是不习惯。须知我独自一个人……我甚至不知道该怎么跟她们说话。即使现在我也不知道——我对您说了什么蠢话没有?请直率地告诉我。告诉您,我是不爱生气的……"

"不,没有,没有,恰好相反。如果您一定要我开诚布公的话，我可以告诉您，女人们非常喜欢男人的这种羞怯。您若想知道得更多一些的话，那我就告诉您，我也很喜欢这种羞怯，而且在我回到家之前，决不会赶您走的。"

"经您这么一说，"我高兴得简直喘不过气来，"我的紧张心情马上就消失了，这样一来——别了，我所有的手段！"

"手段？什么手段？为什么提到手段？这就不好了。"

"对不起，是我说走嘴了；可是处在这样的时刻，怎么能设想不会抱有某种希望呢……"

"希望讨人喜欢，是吗？"

"是的，是的，请看在上帝的分上，发发慈悲吧。您想想看，我是个什么人呢！要知道我已经二十六岁了，可是我还没有跟任何人交往过。这样我怎么能够谈吐机智、应酬得当呢？当一切都袒露在外的时候，这对于您会更好一些……我心里有话，嘴上就憋不住。是的，反正是一样……不知您信不信，我甚至连一个女人也没有结交过，从来都没有！没有任何交往！我每天只是幻想，幻想有朝一日总会遇上个什么人的。

啊,您知道有多少次我就这样坠入了情网!……"

"是吗,爱上谁了?"

"谁也没有爱上,爱上了一个理想,我梦中的理想。我幻想出许许多多的恋爱故事。噢,您不会了解我的!是的,没有这些怎么能行呢?我遇到过两三个女人,但她们是什么人呢?尽是些女房东……也许您会发笑,但是我告诉您,有好多次我真想随便跟街上的什么贵妇人攀谈上几句,当然,这要趁她单独一人的时候;谈话要小心谨慎,诚恳热情;告诉她,我一个人快寂寞死了,希望不要将我赶开,我实在不善于跟女人打交道;我要让她明白,接受像我这样一个不幸者的祈求甚至是一个女人应尽的义务。最后,我全部的要求只不过是希望她能对我说两句带有姐妹情谊的同情的话,不要一上来就把我撵走,相信我,倾听我说的话;鼓励我,如果愿意的话,嘲笑我也行;我要的是一两句话,只要一两句话,哪怕从此以后我们永不再相见也好!……您笑了……我说这些话,实际上也是为了这个……"

"请不要自寻烦恼,我笑您自己在跟自己过不去,您如果想试一试,您肯定会成功的,即使在大街上也没有什么关系,也许话说得越简单越好……任何一个禀性善良的女子,只要她不蠢不傻,或者当时并非在气头上,决不会连这两句您祈求得到的话都不说就把您打发开的……不过,我做得怎样呢!当然,她会把您当成一个疯子。这是我根据自己的经验判断的。我知道许多世人生活的情况!"

"噢,真要谢谢您了,"我叫了起来,"您还不知道您现在为我做了什么呢!"

"好吧!好吧!但是请告诉我,您怎么知道我就是那种……呃……您认为值得结交的女人呢……一句话,您怎么知道我不是那种您所说的女房东那样的女人呢?为什么您决定向我走过来?"

"为什么?为什么?您当时孤身一人,那位先生又过于放肆,再加上又是夜晚:您自己不觉得是一种义务吗……"

"不,不,在这之前,我还在那边的时候。您当时不也想向我走来吗?"

"在那边的时候?不过我确实不知该怎样回答您,我怕……您知道,我今天特别高兴;我一边走,一边唱;我到了城外;我从来还没有感到过这样的幸福。您……也许只是我的……感觉。请原谅我又提起这件事:我觉得您当时在哭……所以我……我听不得这个……我心里难受极了……天哪!难道我就不能关心您吗?难道同情您,对您怀有手足情意就犯了大罪吗?……对不起,我说了同情二字……是的,总而言之,难道我无意间想向您走去就得罪您了吗?……"

"别说了,够了,不要再说了……"姑娘说着,低下了头,紧紧地握住我的手,"都怪我自己先提起这一点;但我高兴的是没有看错您……可是,现在我已经到家了,我要转入这边的胡同,离这儿只有两步远……再见,谢谢您……"

"难道……难道我们永不再见面了吗?……难道一切就这样结束了吗?"

"瞧您,"少女笑着说,"起初您只是说祈求说两句话,可是现在……不过,我不能对您说什么……也许我们还会见面……"

"明天我还到这儿来,"我说,"啊,请原谅,我已经是在要求您了……"

"是的,您的性子真急……您几乎是在要求……"

"您听我说,您听我说!"我打断了她的话,"如果我对您说的话中又有什么不当之处，那就请您多多包涵。但是我要说的是：明天我不能不来。我是个幻想者，我很少有真实的生活，像眼下这样的时刻是非常难能可贵的，因此我不可能不在幻想中重温这一时刻。我将整夜、整个星期、一年到头地梦想着您。明天我一定要来，一定在这个时间来到这个地方，我将幸福地回忆昨天发生的事情。这个地方已使我有一种非常亲切可爱的感觉。在彼得堡我有两三个这样的地方。甚至有一次我回忆时还落了泪，就像您……说不定十分钟前您也是因回忆而掉泪呢……对不起，我又有些忘乎所以了，也许以前某个时候您在这儿曾感到特别幸福……"

"好吧，"少女说，"明天我大概会来的，也是在十点钟。我发现我已经无法阻止您了……这就是问题之所在，我必须来到这里。您不要以为我是在跟您约会；告诉您，我来这里纯粹是为了我自己。但是现在……我直率地告诉您吧：如果明天您一定要来，那也不错。首先，也许明天还会像今天这样发生不愉快的事，但是这无关紧要……总而言之，我只不过是想见见您……跟您说上一两句话。只是这样您不会责怪我吧？您不会想我怎么这样轻率地就跟人约会……要不是……本来我是会提出约会的……不过就让它成为我的一个秘密吧！只是话要说在前面……"

"说在前面！说吧，说吧，一切都预先说出来。我什么都同意，一切都接受。"我兴奋地叫起来，"我保证做到——老老实实、恭恭敬敬……您是了解我的……""正因为我了解您，所以才请您明天再来。"少女笑着说，"我完全了解您。但您来的时候要有一个条件：首先（请您一定要遵守，我请求您这样——瞧，我说得很坦率），不许爱上我……请您相信，这是不可能的。我们可以成为朋友，喏，这是我伸给您的手……但是不许爱上我，我请求您这样！"

"我向您起誓！"我抓住她的纤手叫道……

"好了，不必发誓了，我早知道您会像火药一样爆发的。我这样说，请您不要见怪。如果您知道就好了……和您一样，我也是无亲无故，没有什么人可谈，有事也没人好商量。当然，总不能在大街上见人就问呀。不过您是个例外。我了解您，仿佛我们是二十年的老朋友了……不是吗？您不会骗我吧？……"

"走着瞧吧……还不知道我将如何熬过这尽管只

一昼夜的时间呢。"

"好好睡上一觉,晚安——要记住,我可是完全信赖您了。刚才您说得太好了:难道对于每一种感情,甚至姐妹情谊也都需要解释得清清楚楚吗!您知道这话您说得有多么好吗,当时我脑海里就闪过一种信赖您的念头……"

"我的天,信赖我什么呢,哪方面?"

"明天见。就让它暂时成为秘密吧。这样对于您会更好一些,虽然从旁看来很像是一部小说。也许明天就会告诉您,也许不会……今后我们还要在一起交谈,我们会更好地彼此了解……"

"啊,明天把我的情况统统讲给您听!我这究竟是怎么了?简直出现了奇迹……我的天,我这是在什么地方?请告诉我,难道您对于当初没有像别的女子那样大发脾气并把我赶走感到不满意吗?两分钟,仅仅两分钟的时间,您使我变得终身幸福。是的!是幸福;也许从此您会使我变得心境平静,消除我的疑惑……也许我能有这样的时刻……好吧,明天我一定都告诉您,您将了解一切,一切……"

"好,我很赞成,到时候您就讲吧……"

"好的!"

"再见!"

"再见!"

于是,我们分手了。我漫无目的地走了整整一夜;我无心回家。我感到非常幸福……明天见!

第二夜

"喏,不是也熬过来了吗!"她笑着对我说,紧握着我的双手。

"我在这里已有两个钟头了,您不知道这一天我是怎样度过的!"

"知道,知道……可我们还是谈点正事吧。您知道为什么我要到这儿来吗?要知道我可不是为了像昨天那样乱扯一通而来的。往后我们必须更聪明地行事。昨天我对这事想了很多。"

"在哪些方面,在什么地方更聪明一些呢?从我这方面来说,我完全同意;可是,说实在的,我生活中所遇到的事再没有比眼前这件事更聪明的了。"

"果真这样吗?首先,请您别把我的手握得太紧;其次,我要告诉您,关于您,今天我考虑了很久。"

"那么结果如何呢?"

"结果如何?结果是一切必须重新开始,因为想来想去,我觉得至今对您还是一无所知,我昨天的行为像个孩子,像个小女孩。自然,事情弄成这样,都怪我这颗善良的心了。也就是说,当我们开始剖析自己的时候,总是最后由我自夸一番。因此,为了纠正这个错误,我决定要详细了解您的一切。但由于您的情况无从查问,那么您就必须将自己的一切情况,全部的详细内容,统统讲出来。比如说,您是怎样一个人?说讲就讲——开始吧,把您的故事都讲出来。"

"故事!"我叫道,不觉吓了一跳,"故事!谁告诉您说我有故事?我没有故事……"

"没有故事您是怎样生活过来的呢?"她笑着打断了我的话。

"任何故事也没有!我的生活,就像人们常说的那样,茕茕孑立,形影相吊,就是说,孤身一人——一个人,完全是一个人——您懂吗,什么叫一个人?"

"怎么能一个人呢?就是说,您从未见到过别的人吗?"

"噢,不,见还是见到的,不过,一个人毕竟是一个人。"

"怎么,难道您跟任何人都不说话吗?"

"严格地说,跟谁也不说话。"

"那么您就说说究竟您是怎样一个人吧!等一等,我猜猜:您大概和我一样,有一个老祖母。她双目失明,因此这辈子哪儿也不让我去,所以我几乎连怎么说话都忘了。两年前,她嫌我顽皮,不好管教,便把我叫到身边用别针把我的衣裙同她的衣服别在一块儿——我们至今一直这样整天地坐着,尽管她眼睛看不见,但是还在织袜子,我就坐在她身边,缝点什么或念书给她听——这种古怪的习惯已经有两年了,我一直被她用别针别在一起……"

"哎呀,我的天,多么地不幸!可是我没有这样一个祖母。"

"既然没有,那您为什么老是坐在家里呢?……"

"听我说,您想知道我是怎样一个人吗?"

"是的,是的!"

"从严格的意义上说吗?"

"从最严格的意义上说!"

"好吧。我是一个怪人。"

"怪人,怪人!什么怪人?"姑娘叫了起来,她哈哈大笑,仿佛整年都没有笑过似的,"跟您在一起谈话真有意思!瞧,这儿有一条长凳,我们坐下谈吧!这里没有人来,谁也听不到我们说什么——开始讲您的故事吧!别再说您没有故事可讲了,因为您有,您只是在瞒着罢了。首先,您说说,什么样的人才是怪人?"

"怪人?怪人——是一种异乎寻常的人,一种可笑的人。"我回答说,同时自己也随着她那稚气的笑声哈哈大笑起来,"是这样一种个性。您听我说,您知道幻想者是怎样的人吗?"

"幻想者!怎么不知道呢?我自己就是一个喜欢幻想的人!有时候坐在祖母身旁,什么想法不往脑子里钻呀。只要我一开始幻想,就非常入迷——简直就要嫁给中国的皇子了……要知道有时候这样也不错——幻想嘛!不过,也可能不是这样,天晓得!尤其是当你心里有事,即使不幻想脑子里也有东西考虑的时候。"少女补充说,这时她的神色显得相当严肃。

"太好了!如果您嫁给了中国的皇子,您就会完全了解我的。噢,您听我说……但是请等一下,到现在我还不知道您叫什么名字呢?"

"终于想到了!想起得够早的呀!"

"哎呀,我的天!我压根儿忘记问了,我觉得这样也很好……"

"我叫娜斯琴卡。"

"娜斯琴卡!就这?"

"就这!难道这对您还不够吗,您这个不知足的人!"[1]

"不够?够了,够了,相反,甚至已经很够了。娜斯琴卡,您真是个心地善良的姑娘,既然您对我一上来就自称娜斯琴卡!"

"您说对啦!那又怎么样!"

"好吧,娜斯琴卡,您听我讲这样一个可笑的故事吧。"

我坐在她身旁,摆出一副拘谨严肃的姿态,开始像念稿子似的讲起来:

"娜斯琴卡,您不知道,彼得堡有一些角落相当古

---

[1] 娜斯琴卡是小说女主人公的小名。一个姑娘对一位素不相识的男子只报出自己的小名,这是一种对后者怀有好感的表示,所以男主人公一听,不禁喜出望外。

怪。照耀全彼得堡人的太阳仿佛从来也照不到这里,照耀这地方的是另外一个太阳,仿佛是专门为这些角落而设置的一个新的太阳,发出与众不同的特别的光辉。亲爱的娜斯琴卡,这里的生活仿佛完全是另外一个样子,跟我们周围的生活大不相同,这样的生活只可能存在于天涯海角某个神秘莫测的王国里,不可能发生在我们这个严肃又严肃的时代。这样的生活是一种大杂烩,其中有某种纯粹出于幻想的、热心向往的东西,同时也夹杂着(噢,娜斯琴卡!)某种灰色的、平庸乏味的东西——如果不说是极其庸俗的话。"

"哎呀!我的天哪,这样的开头!您讲的是什么呀?"

"听着,娜斯琴卡(好像我叫您娜斯琴卡永远都叫不够),请听我说,这种地方居住着一些怪人——幻想者。如果要仔细下个定义的话,幻想者——并不是人,懂吗?是某种中性的生物,大都栖居在某个不易接近的角落,深居简出,甚至怕见阳光;一旦他回到自己的住处,便同他那个角落很难分开了——他很像蜗牛,至少在这个方面很像那种人称乌龟的有趣的动物,它的躯体与外壳是联结在一起的。他室内的四壁一定要涂成绿色,加之长期受到难以忍受的烟草的熏燎,看上去污秽阴暗,死气沉沉。您是怎么想的:为什么他如此喜爱自己这方寸之地呢?为什么当他的为数寥寥的朋友中有人来探望时(最后他弄得朋友们绝少登门),这位可笑的先生自己表现得那么狼狈,那么惊慌失色呢?仿佛他刚刚在屋内犯了什么大罪,伪造了钞票或写了一首歪诗准备寄给一个刊物,并且附上一封匿名信,说真正的诗人已经死去,他的朋友认为把死者的诗发表出来是自己的神圣职责。娜斯琴卡,告诉我,为什么这两个人怎么也谈不起来?为什么这位在别的场合能说会道,喜欢谈论女人和其他有趣话题的朋友一来到这里就变得张口结舌、语无伦次了呢?最后,为什么这位也许是不久前才认识的朋友的首次来访——因为在这种情况下是不会有第二次的,来访者下次决不会再来了——一看见主人慌张的面孔便会感到局促不安,举止木然,不管来访者的头脑有多么机敏(如果他真的很机敏的话),而主人自己则首先就显得非常难堪,茫然不知所措了呢?主人方面为使谈话变得自然而有生气,表现自己深谙上流社会的规矩,便也大谈其女人经。他希望用这种温顺随和的态度哪怕能够取悦于这个访问他访问错了人的可怜虫也好；但是在他做了这番巨大而徒劳的努力之后，他已经完全没有了主意，不知道该说些什么了。最后，为什么客人会忽然想起实际上根本不存在的急事，抓起帽子匆匆告辞，敷衍了事地把手从千方百计想表示歉意和挽回所失的主人的热情握手中抽出呢？为什么这位朋友一走出门便哈哈大笑，决心再也不来看这个怪人了呢？——尽管这怪人实际上是个顶好的人。与此同时，这怪人却无法抛弃幻想这个小小的嗜好，他把刚刚同自己见面谈话的那位客人的面孔和一只不幸的小猫的神态作一番比较——即使二者相去甚远。这只小猫被孩子们拖来拖去，他们吓唬它，百般欺凌它，恶作剧地拿它当猎物，千方百计地捉弄它，最后使它不得不逃离他们，躲藏在桌下的暗处，久久地待在里边，竖起背上的毛，发出呜呜的叫声；它不停地用两只前爪洗刷自己那副备受委屈的嘴脸，在这之后很长一段时间内，它敌视自然和生命，甚至对于怀有同情心的女管家从老爷的饭桌上专门扔给它的食物也抱着这种敌视的态度。"

"请听我说，"娜斯琴卡打断了我的话，她在听我叙述的时候惊讶得睁大了眼睛,张开了口,"听我说,我完全不知道您讲的这些事从何而来,也不知道为什么您向我提出这些可笑的问题;但是我所知道的大概是:这种种离奇古怪的事肯定与您有关,字字句句都有关。"

"毫无疑问。"我极其严肃地答道。

"好,既然是毫无疑问,那就请继续讲吧,"娜斯琴卡答道,"因为我很想了解事情最后的结局如何。"

"您很想了解,娜斯琴卡,了解我们的主人公在自己那个角落里干些什么,或者干脆就说我——因为整个这件事的主人公就是我——这个微不足道的人物干了些什么。您想知道为什么我会被这位不速之客的访问弄得一整天都惊慌不安、六神无主吗?您希望了解为什么当我的房门被打开时我会那么慌张与脸红吗?为什么我不去好好地款待客人而却被自己的殷勤好客弄得羞愧难当、无地自容呢?"

"对了,对了!"娜斯琴卡答道,"正是这样。您听我说,您讲得太好了,能不能想个办法,不要讲得这样美妙动听?不然您讲的就跟书上写的一模一样。"

"娜斯琴卡!"我用庄重而严肃的口吻答道,几乎笑出声来,"亲爱的娜斯琴卡,我知道我讲得很出色,但是——非常抱歉,换一个讲法我却不会。亲爱的娜斯琴卡,现在我好比所罗门王的那个妖魔[1],千百年来被封装在胆形瓶内,加盖七道封印,但是胆形瓶现在终于启封了。亲爱的娜斯琴卡,经过这样长久的分离我们终于又相见了——因为我早就认识您,娜斯琴卡,因为很久以来我就在寻找一个人,而这正好表明我寻找的恰巧是您,我们此次相遇是命中早已注定了的——现在我脑子里的上千道闸门已经打开,我应该口若悬河,滔滔不绝地讲个痛快,不然我会被憋死的。好了,娜斯琴卡,请您不要打断我的话,安安静静地听我叙述,否则我就闭口不讲了。"

"不,不!千万不要这样!您讲吧!我现在一句话也不说了。"

"我继续往下讲:娜斯琴卡,我的朋友,在我的一

---

[1] 指《一千零一夜》中《渔夫的故事》,讲一个老渔夫打鱼时捞上来一个胆形黄铜瓶,瓶口用锡封着,盖有所罗门的印章。渔夫好奇,打开瓶口,只见一股青烟冲天而起,变成一个魔鬼。他要杀死渔夫。渔夫急中生智,对魔鬼说他不相信这小小的铜瓶怎能容得下他硕大的身躯,魔鬼表演给他看,又钻进了瓶内,渔夫急忙又用所罗门的印章将瓶口封住,收禁了魔鬼。

天中，只有一个钟头我特别喜欢。那就是当一切事情、公务和本职工作处理完毕的时候，这时大家都急于回家晚饭，躺下休息；在这个当儿，在路上，他们会想出许许多多跟黄昏、夜晚和一切闲暇时间有关的欢乐有趣的事情。此时此刻，我们的主人公——还是让我用第三人称讲吧，娜斯琴卡，因为用第一人称讲太难为情了——好，我们的主人公这时也没有闲着，他跟在这帮人身后；但他那苍白的、仿佛布满皱纹的脸上表现出某种心满意足的古怪神情。他仰望彼得堡寒冷的天空，注视着正在慢慢消失的晚霞，心里并非无动于衷。我说注视，其实是言不由衷，他不是在注视，只是随便地看看，就像一个身体十分疲倦或者此刻正专注于另外更有趣的事情的人对周围事物所能分心时那样，只不过是瞥上一眼，而且几乎完全是漫不经心的。他感到非常满意，因为使他伤脑筋的事情明天就要结束了，他高兴得像一名逃离课堂去做心爱的游戏和玩耍的小学生。娜斯琴卡，请您从旁望他一眼，这样您就会看到，欢乐的心情对他那衰弱的神经和病态的狂想已经产生了良好的影响。自然，他正在想什么……您以为他是在考虑晚饭吗？在考虑今天晚上的事吗？

他在看什么呢?是看那个正在向这位坐着漂亮马车从旁飞快驰过的太太致意的衣冠楚楚的绅士吗?不,娜斯琴卡,眼下他顾不上这许多琐碎事了!现在他已经有了自己独特的生活;他忽然变得富有起来,无怪乎连夕照余晖也这么欢乐地对他闪耀,使他那颗温暖了的心百感交集,浮想联翩。现在他几乎根本不注意那条往日连最细小的事情也能使他大为诧异的街道。现在,'幻想女神'(亲爱的娜斯琴卡,假如您读过茹科夫斯基[1]的作品的话就会明白)已经用她那巧夺天工的双手织好了金色的基底,开始向他展示出一副空前美妙的生活图景——谁能知道,也许女神的妙手一挥,就会把他带进七重水晶天国,然后沿着漂亮的花岗石通道走去。现在您不妨试试,把他突然叫住,问他现在在什么地方,走过了哪几条街?——他大概什么也不记得,既不知道经过了什么地方,也说不出眼下站在什么地方。这一问不打紧,准能把他窘得满面通红,为了顾全面子,他一定会向问者撒谎。无怪乎有位可

---

1 瓦西里·茹科夫斯基(1783—1852),俄国诗人,早期创作感伤主义情调浓重,后来成为俄国浪漫主义创始人之一。这里所提"幻想女神"出自茹科夫斯基所译的歌德的诗《我的女神》。

敬的迷路的老太太在人行道上叫住他,向他问路的时候把他吓了一跳,他当时几乎叫起来,前后左右地仔细察看。他一筹莫展,急得双眉紧锁,继续向前走去,甚至没看见路上行人望着他发出的微笑。一个小女孩睁大眼睛望着他那沉思的笑嘻嘻的面孔和手势,胆怯地给他闪开一条路,转而跟在他身后放声大笑。但是他那自由奔驰的幻想已经将老妇人、好奇的路人、嬉笑的小女孩和把船停泊在芬坦卡河上就此过夜的农夫们(设想我们的主人公此时正在沿河走去)紧紧抓住,将所有这些人和物一股脑儿地纺织在一大块布面上,如同苍蝇被粘在蜘蛛网上一样。怪人带着这新的收获回到了自己的安乐窝,然后坐下来吃午餐,一直到饭毕很久,当永远是心事重重、郁郁寡欢的玛特辽娜来伺候他,给他收拾好桌子,把烟斗递给他的时候,他这才清醒过来,才十分惊讶地想起自己已经完全吃过午饭。他简直不知道这顿饭是怎样吃的,这时屋子里已经暗下来,他有一种空虚与忧愁的感觉,整个幻想王国在他的身旁瓦解了,没留痕迹,也没有声响,像一场梦幻,可是他又不记得自己究竟梦见些什么。他内心有一种模模糊糊的感觉,如怨如诉,隐隐作痛,他感到胸中很不平静,有一种新的欲望在诱惑着他,激发着他的幻想,不知不觉引出一系列新的幻影。小屋内一片寂静,悠闲与懒散的生活给幻想提供了适宜的温床;它轻轻地泛起,慢慢地沸腾,犹如年老的玛特辽娜的咖啡壶里的水一样——玛特辽娜不声不响地在邻近厨房里张罗着,正忙于煮自己拿手的咖啡。就在这当儿,幻想就像火花那样,已经渐渐地迸发了出来。瞧,我们这位幻想家漫无目的信手拿起的那本书还没有读到第三页便从他的手中掉了下来。他的幻想重又酝酿成熟并开始紧张地活动起来,这时,一个新的世界,一种新的迷人的生活突然又展现在他的面前,奇风异彩,锦绣前程。新的梦幻——新的幸福!新服下的蜜香精雅的毒品!噢,对他来说,我们的现实生活又算得了什么呢!在他那有失公允的眼睛里,娜斯琴卡,我们大家的生活都很懒散,终日无精打采;在他看来,我们对自己的命运是多么地不满意,对自己的生活又是多么地苦恼呀!不过,初看上去的确也是这样,我们彼此间都很冷淡,板起面孔,仿佛互相有一肚子的怨气……'可怜的人们!'——我们的幻想家思忖道。他的想法并不奇特!请看看那些神奇的幻影吧，它们是那么迷人、那么奇妙；他面前呈现的真可谓是茫无涯际的奇妙景色，生机盎然，意气风发；显要处，自然是作为尊贵人物出现的我们的幻想家本人独领风骚了。请看看那变幻多端的奇遇吧，看看那令人神往的永无止境的梦幻吧！也许您会问，他在幻想什么呢？何必动问这些呢！什么也不要打听……关于当初不被人承认后来一举成名的诗人的作用；关于同霍夫曼[1]的友情；巴托罗缪之夜[2]，狄安娜·凡尔侬[3]，攻占喀山时伊凡·瓦西里耶维奇[4]的英雄作用，克拉

---

1 恩斯特·西奥多·阿玛迪斯·霍夫曼（1776—1822），德国浪漫主义作家、作曲家和画家。其作品既有轻快且富于哲理的嘲讽和光怪陆离的神秘色彩，也有对现实的抨击和对德国市侩习气和封建专制的揶揄。他的作品所描写的生活常常把幻想和现实交织在一起。
2 巴托罗缪之夜，亦称圣巴托罗缪惨案，是法国宗教战争期间的屠杀事件。
3 狄安娜·凡尔侬、克拉拉·毛勃雷、埃菲·迪恩斯均系英国小说家沃尔特·司各特笔下的人物。
4 这里指莫斯科大公瓦里三世之子伊凡四世，1547年加冕成为俄罗斯历史上首位正式采用"沙皇"称号的君主。其统治时期以铁腕手段著称，号称"伊凡雷帝"。

拉·毛勃雷,埃菲·迪恩斯,主教会议[1]和胡斯[2]在他们面前的情形,《恶魔罗勃》[3]中的死人复生(记得那音乐吗?散发出一股墓地的气味!),米娜和勃伦达[4],别列津那河上的战役[5],在伏·达伯爵夫人家朗诵诗歌[6],丹东[7],克娄巴特拉和她的情人[8],科洛姆纳的小屋[9],自己小小的家庭,身边有那么一个可爱的人儿在冬季的黄昏里张着小嘴,瞪着一双小眼睛在听您讲话,就像现在您倾听我讲话一样,我的小天使……不,娜斯琴卡,对于他——这个贪图逸乐、懒惰成性的人来说,我们大家所向往的那种生活能算得了什么呢?他认为

---

1 主教会议,16—17世纪俄国为解决宗教教义、教规、教会管理等问题而召集的高层宗教会议。
2 扬·胡斯(1369—1415),捷克爱国者,宗教改革思想家。为创立独立于天主教会的民族教派被主教会议判处极刑,最后被活活烧死。
3 《恶魔罗勃》是贾科莫·梅耶贝尔(1791—1864)创作的歌剧。
4 米娜是茹科夫斯基诗歌中的人物;勃伦达是俄国诗人伊·伊·科兹洛夫(1779—1840)写的民歌中的人物。
5 1812年11月,拿破仑军队在强渡该河时损失惨重,溃不成军。
6 指伏隆卓娃-达什科娃伯爵夫人(1818—1856)举办的沙龙。
7 乔治·雅克·丹东(1759—1794),法国大革命时期活动家,雅各宾派领袖之一。后被革命法庭判处死刑。
8 《克娄巴特拉和她的情人》是普希金的中篇小说《埃及之夜》(未完成)中的一篇即兴诗的题目。
9 《科洛姆纳的小屋》是普希金的诗体小说。

这是一种可怜的微不足道的生活,他不曾想到,也许他那忧愁的时刻有朝一日会不期而至,到了那时,他会为了过上一天这种微不足道的生活而舍弃自己全部的幻想生涯的,而且这样做也不是为了欢乐,不是为了幸福,因为到了那个忧伤、悔恨和无法遏止的痛苦的时刻根本就无心加以选择了。但是,这一可怕的时刻还没有来到——他现在对一切都无所需求,因为他超然于种种欲望,因为他拥有一切,因为他衣食不愁,心满意足,因为他本人就是自己生活的艺术家,每时每刻都在按照新的蓝图为自己创造着生活。而这种神话般的、幻想的世界创造起来又是何等轻而易举和自然真实呀!仿佛这一切完全不是什么幻影!真的,他有时候确信这样的生活并不是什么心血来潮,不是海市蜃楼,不是想象的欺骗,而是真正的现实的存在!告诉我,是什么原因,娜斯琴卡,为什么在这样的时候甚至连呼吸都快要窒息了呢!为什么、由何种魔力和神的意志使幻想者的脉搏跳动加快,使他珠泪滚滚,以致他那苍白湿润的双颊涨得通红,完全沉浸在一种无法遏止的喜悦之中呢?为什么一个个的不眠之夜转瞬即逝,过得那么甜蜜幸福、那么其乐无穷?而当晨光熹微,早霞射进窗口,以其捉摸不定的幻影似的光辉照亮这阴森森的房间时——就像在我们彼得堡那样,我们的幻想家已经是劳累不堪,精疲力竭,在床上倒头便睡着了。由于兴奋,他那颗病态的激荡的心感到有些透不过气来,同时还有那么一点疲惫、甜蜜的刺疼。的确是这样,娜斯琴卡,明明是自己在欺骗自己,可又不由得相信确实有一种真正的热情在激荡着他的心灵,不由得相信在他那空泛的梦幻中确实有某种活生生的、看得见、摸得着的东西存在!要知道,这能算什么欺骗呢——比如说,他心中产生了爱情,随之而来的便是无尽的欢乐、各种烦恼与痛苦……只用看上他一眼您就会相信!亲爱的娜斯琴卡,当您看他的时候,您是否相信他确实从来不认识自己在狂热的梦幻中热恋着的那位女性呢?难道他只有在迷人的梦幻里才能见到她吗?难道这爱的激情仅仅是一场梦吗?难道这些年他们二人真的没有手拉手地走在一起吗——单独两个人,抛开整个世界,各自将自己的世界、自己的生命同朋友的生命联结在一起?难道深夜分手时扑在他的怀里痛哭流涕、恋恋不舍的不是她吗?——这时,她既顾不上乌云滚滚的天空即将降临的暴风雨,也顾不上吹落并带走她黑睫毛上泪水的狂风。凡此种种，难道仅仅是梦想而已？还有这座小径交错、杂草丛生、僻静阴森的荒芜的花园？——他们经常在此漫步、希望、苦恼，彼此相爱，相爱得'多么长久和多么温柔'[1]，还有这幢祖传下来的古怪的房子？——多少年来，她和忧郁年迈的丈夫生活在这里，内心孤独而凄伤。她的丈夫一向少言寡语，脾气暴躁，吓得胆小的他们像孩子一样提心吊胆地彼此隐瞒着自己的爱情。他们担惊受怕，忍受着巨大的痛苦；他们的爱情是多么地天真与纯洁（这已是不言自明的了，娜斯琴卡）；人们又是多么地凶狠呀！天啊，难道后来他不是遇到她了吗：在远离自己故乡的地方，在他人的天空下，时值正午，炎热异常，在一座美妙永驻的城市里，在一个光彩夺目的舞会上，伴随着热闹的意大利宫廷音乐（一定是意大利宫廷音乐），周围是一片灯火辉煌的海洋，就在这个爬满香桃木枝条、玫瑰花盛开的阳

---

[1] 引自莱蒙托夫所译的海涅的诗《他们相爱得多么长久和多么温柔》；海涅的原诗为《他们彼此相爱》。主人公在幻想中显然是把海涅笔下的人物形象同18世纪末至19世纪初的哥特式小说的阴森浪漫故事混为一谈了。

台上,她认出了他。她急忙摘下自己的面具,喃喃地说,'我自由了',于是颤抖地投入了他的怀抱,他们欣喜地叫着,紧紧拥抱在一起。霎时间,苦恼、离别以及所有的痛苦和那阴郁的房屋都被忘得一干二净,同时也忘记了那年迈的老人和远在故土的阴森的花园。还有那条长凳,她曾经在这条凳子上热烈地亲了最后一个吻,然后才从他那由于绝望痛苦而变得麻木僵硬的怀抱中挣脱出来……啊,娜斯琴卡,您一定会同意的,当您的不期而至的朋友,一个高大健壮、诙谐快乐的小伙子这时突然推开您的房门仿佛什么事也没有看见似的叫道:'老弟,我刚从巴甫洛夫斯克[1]来!'这时您肯定会大吃一惊,窘得满面通红,就像一个刚刚从邻家果园偷摘了一个苹果塞进口袋的中学生那样。我的天!老伯爵已死,无限的幸福已经在望——可这时却有人从巴甫洛夫斯克来了!"

我感情激动地讲完后便愤然而默不作声了。记得当时我很想开怀大笑一番,因为我感到身上有一个不

---

1 俄国古城,建于1777年,是沙皇郊外行宫所在地。这里的宫殿造型严整,园林亭馆典雅优美,多为18世纪末、19世纪初古典主义风格的园林建筑群。1918年改为博物馆。

怀好意的恶魔正在蠢蠢欲动,我已经开始觉得喉咙发紧,下巴开始抽搐,眼睛越来越湿润……我期待着听我讲述的娜斯琴卡会睁大一双聪慧的眼睛哈哈大笑,笑得那么天真无邪,尽情愉快。我已经有些懊悔自己走得太远了,不该把心头长期的积郁和盘托出。这些本来我可以讲得出口成章,像书上写的那样,因为我早已准备好了自己对自己的判决,现在我未能克制住自己不去宣读它。说实话,我并没有指望人们会理解它;但使我惊讶的是,她默默地停了片刻,轻轻地握了握我的手,怀着某种胆怯的同情,问道:

"难道您全部的生活果真就是这样度过的吗?"

"全部的生活,娜斯琴卡,"我回答说,"全部的生活,看来要一直这样过下去了!"

"不,不能这样。"她惴惴不安地说,"不会这样的;也许我跟奶奶也要这样过上一辈子的。听我说,您知道这样生活下去并不好吗?"

"知道,娜斯琴卡,知道!"我叫了起来,再也控制不住自己的感情了,"而且现在比以前任何时候都了解得更深:我虚度了自己最好的年华!现在我懂得了这一点,而且越是想到上帝将您——我善良的天使——派来告诉我并向我证明这一点,我就越是感到痛苦。现在,当我坐在您的身旁跟您攀谈的时候,想想未来,我已经感到不寒而栗了,因为未来——又要过那种孤寂沉闷、谁也不需要的生活;当我在您的身边明明感到是如此幸福的时候我还要再去幻想什么呢!噢,真应该感谢您,可爱的姑娘,感谢您当初没有不理我,感谢您使我现在可以说我一生中至少也生活过两个夜晚!"

"哎呀,不,不!"娜斯琴卡尖叫起来,眼睛挂着泪花,"不,不会这样下去的,我们不会就此分离的!怎么能说只有两个夜晚呢!"

"啊,娜斯琴卡,娜斯琴卡!您知道您使我跟自己已经永远言归于好了吗?您知道我现在对自己的看法已经不像以前那样糟糕了吗?您是否知道,也许我再也不会念念不忘我在自己的生活中所犯下的种种罪恶了吗?因为这样的生活就等于是犯罪!您不要以为我对您在夸大其词,娜斯琴卡,看在上帝的分上,不要这样想,因为有时候我感到实在苦闷,实在苦闷……因为在这样的时刻,我已经觉得自己永远也不会有真正的现实的世界的一切分寸和敏感;最后,还因为我诅咒了我自己;因为经过这些梦幻的夜晚,我已经变得可怕地清醒了!这时,耳边只听见我周围的人们在生活的旋风中呼号着,旋转着,听见并看见人们在如何地生活——实实在在地生活。可以看得出,对于他们来说,生活并不是预先安排好了的,他们的生活并不是像梦幻一样的虚无缥缈。他们的生活总是在变换更新着,永远是年轻的,每时每刻都在变化,彼此从没有雷同之处,而那令人心惊肉跳的幻想又是多么地贫乏单调、俗不可耐呀,它只不过是阴影与观念的奴隶,是头一块忽然遮住太阳的乌云的奴隶,这乌云给十分珍爱自己的阳光的真正的彼得堡的心带来了一片忧愁——而处在忧愁之中还有什么幻想可言呢!你能够感觉得到,这幻想最后也疲惫不堪,从来不知疲倦的它,长期处于紧张状态,也已经感到精疲力竭,须知一个人在成长过程中,也在逐步摆脱自己昔日的理想:它们渐渐地变得支离破碎,化为灰烬;若没有另外一种生活,他还会从这些破碎的残片中重建自己的幻想。然而他的心灵却同时另有企求和希望!幻想家从自己旧有的梦幻中深挖细找,就像在灰迹中搜寻余烬一样,希望能找到哪怕一点点的火星,以便将昔日梦幻重能点燃起来，暖一暖冷却了的心，使昔日亲切动人、催人泪下、令人热血沸腾也使人大受其骗的一切东西，重新复活起来，然而他的这一切努力都是徒劳无益的！娜斯琴卡，您知道我现在处于何种地步吗？您是否知道，为了庆贺我的幻觉的一周年，纪念昔日感到那么亲切而实际上根本不存在的东西，我已经是在勉为其难了——因为这样的周年纪念仍然是根据那种愚蠢的徒劳无益的幻想来进行的——之所以这样做，首先是因为这些愚蠢的梦幻已不复存在，其次是因为已无法使之复活：须知梦幻也是要复活的呀！您是否知道，现在我很喜欢回忆和走访那些一度使我感到十分得意的地方，喜欢按照一去不复返的过去的方式安排我的现在。我常常像影子一样毫无目的地在彼得堡的大街小巷漫游，心情低沉颓丧，郁郁寡欢。那是些怎样的回忆啊！譬如，记得在一年以前，也就是这个时候、这个钟点，沿着这条小路，我独自徘徊，心情像现在一样的沮丧！还记得，当时的幻想就是很阴郁的，虽然过去也不见得就更好，但总是觉得当时生活得似乎还比较轻松和安逸，没有目前萦绕于脑际的阴暗思想；没有良心上的折磨——你自己会问自己：你的理想何在呢？同时你又会摇摇头说：岁月飞逝得多快呀！这时你再次问自己：这些年你都做了些什么？你的大好时光都花到哪儿去了？你认真生活过没有？你会对自己说，瞧，人世间现在变得有多么寒冷呀。一些年以后，阴郁孤独便随之而来，然后是手不离拐杖的老态龙钟的暮年，再往后便是苦闷与颓丧。那幻想的世界将会变得惨淡无光，你的理想也将会衰败、死亡，犹如枯黄的树叶从枝头四散飘落一样……啊，娜斯琴卡！要知道，孤身一人，完全孤零零的一个人该有多么苦闷呀，甚至连一点值得懊恼的东西都没有——没有，绝对没有……因为所失去的一切根本算不了什么，荒唐愚蠢，空洞无聊，不过是一场梦幻而已！"

"啊，不要再使我伤心难过了！"娜斯琴卡说，一面抹去眼里噙着的泪水，"现在，我们俩将待在一起；不管现在我遇到什么事，我们再也不会分开了，您听我说！我是一个很普通的姑娘，没读过多少书，虽然奶奶也为我请过老师；但是我确实很理解您，因为您刚才对我讲的这一切，在我被奶奶用别针别在衣服上的时候我都亲身体验过。当然，我不可能像您讲得这么好,我没有学习过。"她怯生生地补充说,因为她对我那充满激情的言辞和高雅的修辞仍抱着某种崇敬的心情,"但是我很高兴您能对我一切都坦诚相告。现在我了解您了,完全、彻底地了解了。您知道吗?我也想对您讲讲我自己的故事,全部的,不带一点儿隐瞒,不过等我讲完后您得给我出出主意。您是个非常聪明的人;您答应给我出主意吗?"

"啊,娜斯琴卡,"我回答说,"虽然我从未给人当过参谋,更不要说聪明的参谋了,但是现在我看到,如果我们就此永远生活下去,那么这将会是非常明智的,我们每人都会向对方提出许许多多聪明的建议!啊,我可爱的娜斯琴卡,您需要哪一类的建议呢?坦率地告诉我吧,我现在是如此高兴、幸福、勇敢和聪慧,遣词造句根本用不着搜索枯肠。"

"不,不!"娜斯琴卡笑着打断了我的话,"我需要的不是一个聪明的劝告,我需要的是诚挚的、手足情谊的劝告,就像您一直爱着我那样!"

"好的,娜斯琴卡,好的!"我兴奋地叫道,"如果说我爱您已经爱了二十年的话,那么现在毕竟才是我最爱您的时候!"

"把您的手给我!"娜斯琴卡说。

"在这儿!"我答道,把手伸给她。

"好,我现在就开始讲我的故事!"

娜斯琴卡的故事

"有一半故事您已经知道了,就是说,您知道我有一个年迈的奶奶……"

"如果另一半也这样简短的话……"我笑着打断了她的话。

"别说话,只是听着。首先有一个条件:不要跟我打岔,不然我可能讲得很乱。好,请慢慢地听吧。

"我有个老奶奶。当我还是个小姑娘的时候便跟着她生活了,因为我的父母已双双故去。应该说,我奶奶原先还是比较富裕的,因为至今她还时常回忆过去美好的日子。她先是教我讲法国话,后来又给我请了位老师。我十五岁的时候(我现在十七岁)就不再学习了。也就在这个时候,我变得十分淘气,至于我干了些什么事——我不能告诉您,只告诉您事情都不大就是了。有一天早晨,奶奶将我叫到跟前,说她因为眼睛看不见,管不了我,便用一根别针把我的衣裙和她的衣裙别在一起,并且说,如果我再不变好就得这样坐上一辈子。总之,起初我怎么也不能脱身:做活、读书、学习都要坐在奶奶身边。有一次,我耍了个滑头,让菲奥克拉坐在我的位置上。菲奥克拉是我们的女仆,是个聋子。她替我坐在那里。这时候奶奶在安乐椅上睡着了,我就到不远的一个女友那里去了。唉,结果可糟了。奶奶醒来时我不在,但她以为我仍然老老实实地坐在她身边,便问了些什么事。菲奥克拉见奶奶问话,自己又听不见,想来想去,不知如何是好,于是扯掉别针,拔腿便跑……"

讲到这里,娜斯琴卡停下来哈哈大笑。我也跟着笑了起来。但她很快就止住了笑声。

"您听着,不许笑我的奶奶。我是因为可乐才笑的……有什么办法呢,奶奶就是这个样子嘛,可我毕竟还有些喜欢她。哎呀,我当时真是自作自受,立刻又坐回到位子上,这以后连动弹一下也不允许了。

"噢,我还忘记告诉您了,我们——或者说我奶奶——有一座房子,是一所小小的房屋,总共只有三个窗户，完全是木头结构，像我奶奶一样的老，屋顶有一间阁楼，有一位新房客就住在我们这阁楼上……"

"这么说以前该是一位老房客了？"我顺口插了一句。

"是的，当然了，"娜斯琴卡答道，"这人比您还要沉默寡言些。真的，他几乎没有用过自己的舌头。这是一个又聋又哑又跛的枯燥老头儿，他在这世上最后实在难以生活下去，因而也就死了。后来需要招一名新房客，因为不收房租我们就难以维持生计，因为房租和奶奶的养老金几乎是我们的全部收入。新来的房客刚巧是个青年，不是本地人，是外来的。因为他不讨价还价，奶奶便让他住进来了。随后她问道：'怎么样，娜斯琴卡，我们这位房客年轻不年轻？'我不愿撒谎，回答说：'是这样，奶奶，不能说很年轻，可也不是个老头。''那么，模样好看吗？'奶奶问道。

"我仍然不愿撒谎。我说：'是的，奶奶，模样挺好看的！'奶奶说：'哎呀，罪过，真是罪过！好孙女，我这可是对你说的，千万不要看上他了。现在是什么世道呀！瞧，一个什么小小的房客，外表竟然也很漂亮，跟往日大不一样啦！'

53

"什么事情奶奶总爱跟往日相比！比如往日她比现在年轻，往日的太阳比现在的暖和，往日的奶酪也不像现在这么快就变酸——凡事都要和往日比较一番！我呢，坐在那儿一声不吭，心里想：奶奶干吗主动跟我提这些话，还打听人家房客是不是年轻和漂亮？我也只不过是这样随便想了一下，接着便又数着有多少针数，开始织起袜子来，后来也就把这事完全给忘记了。

"有一天早晨，那房客来问我们，说曾经答应过给他裱糊房间的。奶奶是个爱唠叨的人，你一言，我一语，说到后来，她说：'娜斯琴卡，去我卧室里把算盘取来。'我立刻跳起身来，不知为什么，当时我满面通红，竟然忘记了我是被奶奶用别针别在身边的。不，为了不声不响地将别针扯掉，不让房客看见，我挣开的时候连奶奶的安乐椅都牵动了。我一见这内中的情形完全被房客看在眼里，我红着脸，呆呆地站在那里，动弹不得；突然我哭了起来——我这时感到又羞愧又伤心，简直无地自容！奶奶喊道：'你站着干什么呀？'我哭得更伤心了……房客见我当着他的面很害羞，便鞠了一躬，转身走了！

"从此以后,前边过道里只要一有声音,我便死一样地呆着,一动不动。因为我想,这一定是房客走路的声音。为了防备万一,我悄悄地把衣裙上的别针打开。不过每次都不是他。他没有再来。两个礼拜过去了,房客让菲奥克拉带话来,说他有许多法文书,而且都是好书,可以阅读;问为了消除寂寞,奶奶是否愿意让我读给她听?奶奶欣然同意,表示感谢,不过她一再问这些书思想上是否都很正经,因为如果有伤风化,她说,娜斯琴卡,无论如何也不应该读,那样你会学坏的。

"'我能学什么呢,奶奶?那里都写的什么呀?'

"'哎呀!'奶奶说,'他们花言巧语,说愿意负担她们的一切,将她们从父母的身边骗走,随后又将这些不幸的姑娘抛弃,听任其受命运摆布,最后悲惨地死去。这样的书,'奶奶说,'我读得多了,而且它们写得都很出色,使人能整夜埋头读下去。所以说,'她说,'娜斯琴卡,必须小心,这样的书可不能读。他送来的都是些什么书?'她说。

"'都是司各特[1]的小说,奶奶。'

"'司各特的小说!慢着,这里面有什么诡计没有?看看他在书里夹什么情书没有?'

"'没有,'我说,'没有情书,奶奶。'

"'你再看看书皮下面有没有。有时候他们会把情书藏在书皮下面的,这帮强盗!……'

"'没有,奶奶,书皮下也没有。'

"'噢,那就算了!'

"这样,我们就开始读司各特的小说,一个月我们差不多能够读上一半。随后他一次又一次地给我们送书,还送来过普希金的作品,因此后来我变得没有书读简直就不行,再也不想嫁给中国皇子的事了。

"一次,我偶然在楼梯上遇见了我们的房客。当时奶奶是让我去取一件什么东西。他停住了脚步;我满面通红,他也满面通红;然而他笑了笑,向我问个好,还问奶奶的身体可好,他说:'那么,您比较喜欢的是什么?'我说:'最喜欢伊凡的故事,还有普希金的作品。'这次我们就谈到这里。

---

[1] 沃尔特·司各特(1771—1832),英国作家。

"过了一周,我又在楼梯上碰到了他。这次并不是奶奶让我取什么东西,而是我自己要去拿点什么。当时是两点多钟,房客正好回来。'您好!'他说。我也对他说了声:'您好!'

"'怎么,您整天跟奶奶坐在那儿不觉得腻味吗?'他说。

"他问我的时候,不知为什么,我的脸又红了,我觉得很不好意思,同时感到有点生气——显然是因为别人居然问起这个来了。我原想不搭理他就走开,但我没有这个勇气。

"'听我说,您是一位善良的姑娘!'他说,'请原谅我对您这么说,不过请您相信我,我是为您好,我比您奶奶更希望您好.难道您连一个可以探望的女友都没有吗?'

"我说:'一个也没有,以前有过一个,叫玛申卡,可是她到普斯科夫去了。'

"'您听我说,'他说,'愿意跟我去看戏吗?'

"'看戏?那奶奶怎么办呢?'

"'您呀,不会悄悄地不让奶奶知道吗……'他说。

"'不,'我说,'我可不愿意欺骗奶奶,再见!'

"'好吧,再见。'他说,别的什么也没说。

"不过,午饭后他就来看我们了;他坐下跟奶奶谈了很久,问她是否愿意出去走走,有没有熟人、朋友——后来他突然说:'今晚我订了歌剧院的一个包厢,现在在演《塞维勒的理发师》[1]。有几个朋友最初想去看,可是后来又说不去了,所以票现在在我这里。'

"'《塞维勒的理发师》!'奶奶叫道,'是往日演过的那个理发师吗?'

"'是的,'他说,'就是那个理发师。'同时他朝我瞥了一眼。这时我完全明白了,羞得我满面绯红。我的心由于期待而怦怦直跳。

"'知道,'奶奶说,'哪能不知道呢!往日在家庭演出会上我自己还演过罗丝娜呢!'

"'您今天愿意去看看吗?'房客说,'不然我这票也就白费了。'

"'是呀,那么我们去吧,'奶奶说,'为什么不去呢?我们家的娜斯琴卡从来还没有去过剧院呢。'

"我的天,多么叫人高兴呀!于是我们立即动手

---

[1] 法国剧作家博马舍(1732—1799)的著名喜剧。

准备,梳妆打扮一番后就出发了。奶奶虽然双目失明,但毕竟还想听一听音乐,而且她是个慈祥的老太太,主要是想让我高兴高兴——我们自己是从来不上剧院的。对《塞维勒的理发师》有何印象,用不着我跟您说了,只是这整个晚上我们的房客一直很和蔼地望着我,谈吐很是优雅。我当时就察觉出,早上他让我一个人跟他去看戏,是有意在试探我。啊,我真是高兴极了!上床睡觉的时候我感到多么得意、多么愉快呀,心里直扑腾,好像得了一场小小的热病,整夜我都在说关于《塞维勒的理发师》的梦话。

"我想,这以后他应该更经常地来看我们了——然而并非如此,他几乎完全不来了。有时一个月来那么一次,也仅仅是为了请我们去看戏。我们又去看过两次戏。不过这两次我都不开心。我看得出,他只不过是见我总是被拴在奶奶身边有些可怜我罢了,别的什么也没有。时间一天天过去,我变得焦躁起来:坐也不是,站也不是,读书读不进去,做活安不下心;有时候我喜欢发笑,故意跟奶奶闹别扭,有时候又无缘无故地哭泣。后来,我消瘦了,几乎得了病。上演歌剧的季节已经过去,那房客完全不来看望我们了。我们遇见时——自然还是在楼梯上——他也只是默默地一鞠躬,态度十分严肃,好像压根儿就不想说话的样子,然后下楼朝台阶走去,而我却依然站在楼梯中间,脸红得像樱桃似的,因为每当我看见他时,总感到身上所有的血都一齐涌到了头上。

"现在故事就要完了。去年五月间,那房客来看我们时对奶奶说,这里的事他已经全部办完,又得回莫斯科一年。我一听这话,脸色变得苍白,一下子倒在椅子上,像死去了一样。奶奶一点儿也没有觉察出来;他在说明要离开我们后,向我们鞠了个躬便走了。

"我该怎么办呢?我前思后想,苦恼万分,最后我还是下了决心。他明天就动身,我决定待奶奶晚上安歇后就结束这一切。事情就这么定了。我收拾好一个包袱,所需衣物都在其中了,然后带着这个包袱如醉如痴地去阁楼找我们的房客。我感到我在楼梯上走了足足有一个小时,当我推开他的门走进去时,他望着我不禁叫一声。他把我当成是幽灵了。他连忙给我递过水来,因为我只是勉勉强强地站住脚。我的心跳得很厉害,脑袋发痛,神志恍惚。当我清醒过来后,就干脆把我的小包袱放到他的床上;我坐在一边,双手捂住脸哭了起来。他仿佛立刻全都明白了;他站在我的面前望着我,面色苍白,神情忧郁。我的心已经碎了。

"'您听我说,'他开始说,'听我说,娜斯琴卡,我实在是无能为力:我很穷,眼下我一无所有。连个像样的落脚点也没有。如果和您结婚,我们怎么生活呢?'

"我们谈了很久,最后我愤愤地说,我不能跟奶奶一起生活了,我要离开她,我不愿她总是用别针把我别住,只要他愿意,我就跟他到莫斯科去,因为没有他我简直就活不下去。羞涩、爱情、骄矜一齐涌上了我的心头,我颤抖地几乎要倒在他的床上。我多么怕遭到拒绝呀!

"有几分钟的时间他默默地坐着,随后他站起来,走到我的跟前,拉着我的手。

"'您听我说,我善良的娜斯琴卡,可爱的娜斯琴卡!'他也含着眼泪说,'听我说,我向您发誓,一旦我有条件结婚,您肯定就是我的幸福。您可以相信我,现在只有您一个人能够给我带来幸福。您听我说,我现在去莫斯科,在那里要待整整一年。我希望能把自己的事情办好。我回来的时候,如果您仍然爱我,我向您起誓,我们将会非常幸福。但是眼下不行,我不能,甚至无权答应您什么。我再说一遍,如果一年后事情仍然不成,那么总有一天会实现的——当然,这要有一个条件,那就是您不至于另有所爱,因为我不能、也不敢贸然用什么话来束缚您。'

"这就是他对我所说的话。第二天他便走了。我们说好此事一句也不要向奶奶透露。这是他的愿望。好了,现在我的全部故事就要结束了。整整一年的时间已经过去。他回来了,他回到这里已经整整三天了,可是……"

"可是怎么样?"我叫道,急切地想听听结果如何。

"他至今没有露面!"娜斯琴卡答道,仿佛使出了全身的气力,"音讯全无……"

说到这里她停下来,低着头,沉默了片刻,突然,她双手捂着脸哭了起来,哭得我心里难受极了。

我怎么也没有想到是这样的结尾。

"娜斯琴卡!"我用讨好的语调怯生生地说,"娜斯琴卡!看在上帝的分上,不要哭了!您怎么会知道?也许他还没有回来……"

"回来了,回来了!"娜斯琴卡插上来说,"他就在这儿,我知道。当时我们有个约定,还在他动身前的那天晚上就说好了的。当时我们所谈的一切我已经给您讲了,我们商量好之后,就来到这里散步,就在这河边。当时是十点钟,我们就坐在这条长凳上;那时我已经不哭了,正津津有味地听他说话……他说,他一回来就来看我们,如果我不拒绝他,我们便把一切告诉奶奶。现在他已经回来了,这我知道,可是他没有露面,没有!"

说着,她又哭了起来。

"天哪!难道就没有办法帮您解除痛苦吗?"我从长凳上跳起来绝望地叫道,"娜斯琴卡,您看我能不能去找他一趟?……"

"这怎么能行呢?"她说着,忽然抬起了头。

"是啊,当然,这样不行!"我忽然想起来说道,"那么这样吧:您写一封信。"

"不,这不行,不能这样做!"她毅然决然地说,但这时她已经低下头去,不再看我了。

"怎么不行?为什么不能这样做?"我坚持自己的看法,继续说道,"您知道,娜斯琴卡,这要看是怎样的信了!信跟信不同,而且……啊,娜斯琴卡,就这样!请相信我,相信我吧!我不会给您出坏主意的。完全可以这么做。既然您已经迈出了第一步——现在何必……"

"不行,不行!这样好像我在强求他似的……"

"哎呀,我善良的娜斯琴卡!"我打断了她的话,忍不住发笑,"不,不,说到底,您是有权这样做的,因为他答应过您。而且根据各方面情况来看,他这个人温文尔雅,品行端正。"我继续说着,越来越为自己的道理和观点的严谨而兴奋。

"他是怎样行事的呢?他用自己的诺言约束了自己。他说,只要他能结婚,非您不娶。他给您留下了充分的自由,即使您现在拒绝他也还可以……在这种情况下,您可以先迈出第一步,您有这个权利,您比他的地位优越,打比方说吧,如果您希望解除他许下的诺言的话……"

"听我说,如果换了您,您会怎样写呢?"

"什么?"

"这样一封信。"

"那我就这样写:'亲爱的先生'……"

"亲爱的先生——一定要这样写吗?"

"一定!不过,何必呢?我想……"

"好,好吧!往下呢?"

"亲爱的先生!"

"'很抱歉,我……'其实,不,用不着抱什么歉!事实胜于雄辩,干脆就写:

"'我现在来给您写信。请原谅我有些急躁;我在幸福期待中度过了整整一年;现在,这怀疑的日子我连一天也无法忍受了,难道这是我的过错吗?现在您已经回来了,也许您已经改变了主意。那么这封信就将告诉您,我既不抱怨,也不责怪您。我不怪您,是因为我没有征服您的心,这是我的命运!

"'您是位品德高尚的人。您不必见笑,也不必为我这封急就的信而烦恼。请您想一想,这是一个可怜的姑娘在给您写信,她孤身一人,既没有谁来教导她,也没有任何人来指点她。她从来不会控制自己的感情。但是请您原谅,怀疑已经悄悄溜进了我的心房——虽然只是一刹那间。您决不会——哪怕只是思想上——委屈一个过去非常爱您、现在还在爱您的姑娘的。'"

"对,对!这正是我想说的话!"娜斯琴卡叫道,她的眼睛里闪耀着愉快的光芒,"噢!您解决了我一大疑难,是上帝亲自把您派来的!谢谢,非常感谢您!"

"谢什么?谢上帝把我派来吗?"我兴奋地看着她那快活的小脸回答说。

"是的,就算为了这个也应该谢谢。"

"啊,娜斯琴卡!要知道,我们感谢他人,有时候只是因为他们同我们在一起生活。我感谢您,是因为您使我遇到了您,使我终生都忘不了您!"

"好,够了,够了!现在是这样,您好好听着:当时约定的是,他一回来便立即告诉我,方法是:在我们所认识的一些人中、某个地方留给我一封信(这些纯朴善良的人关于这件事一无所知),或者,届时若无法给我写信——何况有时信里也说不清楚——那就在他回来的当天十点钟来到这里,在我们约定的地点见面。他回来的事我已经知道,但是今天已经是第三天了,既不见信,也不见人。早上我怎么也离不开奶奶。请您明天把我的信亲自交给我跟您说过的那些好心人,他们会转给他的;如果有回信,就请您晚上十点钟的时候亲自带来。"

"但是信呢,信呢?要知道,首先您得把信写好呀!难道光这样后天就能一切如愿吗?"

"信嘛……"娜斯琴卡有些慌乱地答道,"信……不过……"

但是她没有把话说完。起初,她将自己的小脸背转过去,红得像玫瑰似的,接着我突然感到手里有一封信,看来是一封早已写好并且完全封好了的信。一种我熟悉的亲切甜蜜的回忆掠过了我的心头。

"罗——罗,丝——丝,娜——娜。"我开始唱起来。

"罗丝娜!"我们俩一起唱起来;我高兴得几乎要拥抱她了;她的脸红得不能再红了,她笑着,黑黑的睫毛上挂着泪水,像珍珠似的晶莹发亮。

"喏,好了,好了!现在该分手了!"她急匆匆地说,"这是托给您的信,这是送信的地址。再会!再见!明天见!"

她紧紧地握了握我的双手,点点头,飞快地消失在她住的那条胡同里。我久久地站在那里,目送着她。

"明天见!明天见!"当她在我眼前消失的时候,这声音还回旋在我的耳边。

第三夜

今天是个愁闷的阴雨天,没有一丝阳光,很像我未来的暮年。这些稀奇古怪的念头,这种阴暗的感觉使我感到非常压抑,这种种我还不甚了了的问题一直萦绕于我的心头——不知何故,我既没有精力,也没有心思去解决它们,这一切也不该由我来解决呀!

今天我们不见面。昨天我们分手的时候天上乌云密布,升起了团团的迷雾。当时我说,明天肯定是个坏天气。她没有答话;她不愿说违心的话,对于她来说,这一天既明媚,又晴朗,任何乌云也遮挡不住她的幸福。

"如果下雨,我们就不见面了!"她说,"我不会来的。"

我想,她不会在乎今天的雨的,但是她果然没有来。

昨天是我们第三次见面,我们的第三个白夜……

然而欢乐与幸福能够使一个人变得多么美好!爱情可以使一个人的心沸腾起来!好像心甘情愿地将自己的心倾注于另一颗心中,希望能事事愉快,人人欢欣。这种欢乐的心情太具有感染力了!昨天,她的言语里含有那么多的柔情,充满了对我的善良意愿……她对我有多么热情,多么亲昵,大大鼓舞和温暖了我的心!啊,由于陶醉于幸福,她显得娇媚俊俏,千姿百态!而我……我把这一切都信以为真了;我以为她……

可是,我的天,我怎么能够这样想呢?当一切已经为别人所占有,完全没有我的份儿的时候,我怎么可以这样闭塞视听呢?最后,就连她表现出来的柔情蜜意,她的关心体贴,她的情意……对我的情意——都不过是由于她想到很快便能与另一个人相会时的快乐心情,是她希望我也能分享她的幸福的愿望……一旦那个人没有来,我们白等一场的时候,她顿时双眉紧皱,变得垂头丧气,失去了锐气。她的举止谈吐已不再是那么轻盈自如、欢快活泼了。不过令人奇怪的是,这时她对我显得格外地殷勤,仿佛她本能地想要把自己希望得到同时又非常担心可能实现不了的感情倾注到我的身上。我的娜斯琴卡是那么地畏缩,那么地害怕,仿佛她最后终于明白了我对她的爱慕之心,而且非常怜悯我的这种可怜的爱。所以,当我们不幸时,我们也就能更强烈地感受到别人的不幸;感情这东西不是孤立分散的,而是息息相通的……

我诚心诚意地去会她,好不容易等到了她。当时我并未预料到我此时的感受,也没有料想到事情的结局会是这样。她满心欢喜地期待着回音。而回音就是他本人。他应该来,应该响应她的呼唤。她比我早到了整整一个小时。起初她觉得什么事都可乐,我的每句话都使她发笑。本来要说的话也只好不说了。

"您知道为什么我这样高兴吗?"她说,"为什么看到您我这么高兴?为什么今天这么喜欢您?"

"噢?"我问道,心里一阵紧张。

"我喜欢您是因为您没有爱上我。要知道,如果换个人处在您的地位,恐怕早就不会安安分分,开始纠缠不休了;再不就是唉声叹气,抱病不起,可您却是这么和蔼可亲!"

这时她把我的手握得很紧,使我差一点儿叫了起来。她笑了。

"天哪!您是多么好的一个朋友啊!"过了片刻,她十分认真地说,"是上帝把您派到我身边来的!要是现在没有您,我会发生什么事呢?您这个人多么大公无私啊!您喜欢我,这太好了!等我将来嫁人了,我们相处得将会非常和睦,比亲兄妹还要亲。我会差不多像爱他那样地爱您……"

这时,不知怎的,我感到非常压抑,然而一种类似要笑的感觉却在我的内心深处骚动。

"您太紧张了,"我说,"您很害怕,您以为他不会来了。"

"随您的便吧!"她回答说,"如果我有点不高兴,我会因为您的疑心和责备而痛哭流涕的。不过您使我产生了一个想法,并且给我提出一个长期的思考题,但这一点我以后再考虑,现在我要向您承认的是,您的话是对的。确实是这样!我有些惘然若失,不能自恃,仿佛我的全部精力都贯注于期待之中了,而且感到一切都似乎很轻而易举。好了,我们不要再谈论感情了!……"

正在这时,耳边传来一阵脚步声,黑暗里,一个路人朝我们走来。我们俩紧张得直打哆嗦;她几乎叫了起来。我放开她的手,比了个手势,表示我打算离开的样子。但是我们看错了,走来的人不是他。

"您怕什么呢?为什么要放开我的手呢?"说着,她又把手伸给我,"喂,怎么样?我们一块儿见他。我愿意让他看看我们是多么相爱。"

"我们是多么相爱!"我叫道。

"啊,娜斯琴卡,娜斯琴卡!"我想,"你这话说过多少次了呀!娜斯琴卡,这样的爱情有时实在使人寒心,叫人难过。你的手冷若冰霜,我的手像火一样发烫。娜斯琴卡,你是多么地糊涂呀!……啊!一个幸福的人有时是多么叫人难受呀!但是我不能生你的气!……"

最后,我心里真是百感交集。

"听我说,娜斯琴卡!"我叫道,"您知道这一整天我是怎么过来的吗?"

"怎么过来的?赶快讲讲吧!为什么您一直不讲呢?"

"首先,娜斯琴卡,我完成了您托付我的全部任务,送交了信件,去了您那些好心人的家里,后来……后来我就回家睡觉了。"

"就这些吗?"她笑着打断我的话。

"是的,几乎就这些。"我勉强地答道,因为我眼睛里已经噙满了愚蠢的泪水。"我们见面前一个小时我才醒来,但是我好像没有睡觉一样。不知道我这是怎么了。我走着,为了将这一切统统告诉您,仿佛时间对于我已经停止不动,仿佛自这个时候起,只有一个感觉、一种感情应该永远停留在我的身上,仿佛这一分钟感情应该永远延续下去,对于我来说,仿佛整个生命已经停止……我醒来的时候,仿佛回想起了一支早就熟悉、曾经在什么地方听过,后来被遗忘了的甜蜜的乐曲。我感到,这支曲子无时不想从我心灵深处飞出,只是现在……"

"哎呀,我的天,我的天!"娜斯琴卡打断了我的话,"怎么能这样呢?我一点儿也不明白。"

"啊,娜斯琴卡!我曾经想让您了解这种奇怪的印象……"我如怨如诉地说,这里还包含着一种希望——虽然相当渺茫。

"得了,不必再说了!"她说。这个小滑头立刻猜她好像很专心地在倾听我给她讲的话,但是,当我向她发问时她却闷声不响,显得很尴尬,把头转了过去。我看了看她的眼睛——果不其然,她哭了。

"唉,别这样呀,别这样呀?哎呀,真是个孩子!多么孩子气!……得了!"

她试图微笑一下,镇静下来,但她的下巴还在抽动,胸口依然起伏不止。

"我在想您,"她沉默片刻后说,"您这么善良,如果连这一点我也感觉不出来,那我真成了石头人了。您知道现在我在想什么吗?我把你们两个做了一番对比。为什么他不是您呢?为什么他不像您呢?他没有您好,虽然我更爱他。"

我没有作答。但她似乎在等着我说些什么。

"当然,也许我还不十分了解他,不完全熟悉他。您知道,我好像总是有些怕他,他这人一向很严肃,似乎很高傲。当然,我知道他只是看上去这样,其实他内心里比我还要热情……我还记得他望着我的那副神情——您记得吗,当时我曾带个小包袱找到他那里?但是尽管如此,不知为什么,我对他还是有些过分地尊敬,须知这会不会使我们两个有些不相称呢?"

"不，娜斯琴卡，不，"我答道，"这说明您爱他甚于世上的一切，远远超过了爱您自己。"

"好吧，就算是这样，"天真的娜斯琴卡回答说，"但您知道我脑子里现在想些什么吗？不过现在我要讲的不是他，而是泛泛而谈。我早就有这些想法了。听我说，为什么我们大家不能像兄弟姐妹一样呢？为什么最好的人总好像对别人隐瞒着什么，守口如瓶呢？为什么现在就不能直截了当地把心里话说出来——既然知道自己要说的话并不是信口开河，现在人人看上去似乎都要比原来的样子严厉些，大家都担心如果过早说出会伤害自己的感情……"

"啊，娜斯琴卡！您说得很对，可是须知这里有许多的原因。"我打断了她的话，这时我比以往任何时候都更加努力控制自己的感情。

"不，不！"她深有感触地答道，"譬如您吧，您跟别人就不一样！我实在不知道怎样把我的感受告诉您，但是我觉得，您……比如说……就说现在……在我看来，您就在为我做出某种牺牲。"她怯生生地补充道，朝我瞥了一眼。"请原谅我对您这样说，我不过是个普通的姑娘，没见过什么世面，有时甚至很不会说话。"她又补充道,她由于某种隐秘的情感,声音有些颤抖,同时又尽量露出微笑。"我只是想对您说,我非常感激,这些我同样感觉得到……啊,愿上帝因此为您降福!至于当时您给我讲的关于您那位幻想家的故事,那完全不是真实的,我的意思是说,那跟您毫不相干。您正在康复,真的,您和您对自己的描写相比,完全是另外一个人。如果您将来谈恋爱,上帝全赐福于您和她的!对于她,我什么也不用祝福,因为她跟您在一起会很幸福的。这一点我懂,我自己就是个女人,既然我对您这样讲,您就该相信我……"

她闭上口,紧紧握着我的手。我也激动得说不出话来。这样过了几分钟。

"是啊,显然今天他不来了!"最后她仰起头说,"已经很晚了!……"

"明天会来的。"我用最肯定、最坚决的声调说。

"对,"她高兴地补充道,"现在我自己也看到他只能明天来了。好,再见!明天见!如果下雨,我可能不来。但后天我一定来,不管出什么事我都要来;您一定得在这儿;希望我能见到您,到时候我把什么都告诉您。"

后来,当我们分手时,她把手递给我,用清澈的目光看了我一眼,说:

"要知道,今后我们永远要在一起了,不是吗?"

啊!娜斯琴卡,娜斯琴卡!如果你知道我现在有多么孤独就好了!

九点钟打过后,我在屋内坐不住了,尽管情愿天气阴霾,我还是穿好衣服走了出来。我来到原来那个地方,坐在我们的长凳上。我本想拐进他们住的那条街,但我觉得这样太难为情了,于是连他们的窗子也没看一眼,朝他们的房子那边走上两步便转了回来。回到家后我感到从未有过的苦恼。此时是多么地潮湿和寂寞呀!如果天气晴朗,我一定会在那里通宵达旦地游荡下去……

但是明天见,明天见!明天她会把一切都告诉我的。

然而,今天并没有信。不过,也许这是理所当然的事。想必他们已经在一起了……

第四夜

天哪!这一切是怎样结束的呀!事情的结局又如何!

我是九点钟来到的。这时她已经在那里了。离很远我就看见了她。她站在那儿,像我第一次看见她时那样,双肘支撑在河沿的栏杆上,完全没有听见我向她走来。

"娜斯琴卡!"我尽量压着内心的激动叫了一声。

她迅速向我转过身来。

"拿来!"她说,"拿来!赶快!"

我困惑莫解地望着她。

"哎呀,信在哪儿?您带来了吗?"她又说一遍,一只手紧抓栏杆。

"没有,我没有带信来,"我最后说,"难道他还没有来?"

她的脸色变得煞白,久久地望着我,一动不动。我使她最后的希望破灭了。

"唉,随他的便吧!"最后她断断续续地说,"既然他这样丢弃我,我也用不着管他。"

她垂下眼帘,后来她想看我一眼,但是未能做到。又过了几分钟。她竭力克制住内心的激动。可她又突然转过身去,伏在河边圆的栏杆上,泪如雨下。

"好了,好了!"我本想说上几句,但我看了看她,没有勇气再说下去,我能够说些什么呢?

"别来安慰我,"她哭着说,"不要再提起他了。也别再说什么他还会来,说他并没有这样狠心地、毫无良心地抛弃了我;他就是这么做的。为什么,这是为什么?难道我那封不幸的信里写了什么了吗?⋯⋯"

她这时泣不成声。我看着她,心都要碎了。

"啊,多么残忍!"她重又开始说,"连一句话也没有,一句话也没有!哪怕回复我一句,就说您用不着我,决定遗弃我也好;整整三天,只言片语全无!他如此轻率地侮辱了、伤害了一个可怜无辜的姑娘!而她的过错仅仅是因为爱上了他。啊,三天来我忍受了多大的痛苦呀！天哪，我的天哪！想当初我主动找上门，在他面前低声下气，痛哭流涕，乞求他给予哪怕是点滴的怜爱……而后来……听我说，"她转身对我说，两只黑眼睛闪闪发光，"怎么会这样呢！不可能这样！这不会是真的！您我之中一定有谁出了差错，也许他根本就没有收到信？也许至今他什么还一无所知？您自己说说看，怎么会这样呢？看在上帝的分上，告诉我吧，给我解释解释吧——我无法理解——他对我怎么可以这样粗暴无礼呢！一个字也不写！即使对世上最坏的人往往也有人同情的呀。也许他听到了些什么？也许有人关于我对他说了些什么？"她喊叫着，转身冲我问道："怎么，您是怎么想的？"

"您听我说，娜斯琴卡，明天我替您找他去。"

"啊！"

"我要问个明明白白，把一切都告诉他。"

"啊，啊！"

"您写一封信。不要说不写，娜斯琴卡，不要说不写！我一定让他尊重您的行为，一切他都会了解的，如果……"

"不，我的朋友，不，"她打断了我的话，"够了！一个字也不写了，从我这里一句话一个字也没有了——够了！我不认识他，我再也不爱他了，我要彻底地……忘……掉他……"

她没有把话说完。

"要冷静些，冷静些！请坐在这里，娜斯琴卡。"我说着，扶她坐在长凳上。

"我冷静得很。够了！不过就这么回事！这眼泪很快就会干的！难道您以为我会投水自尽吗？"

我心里很沉重，本想说点什么，但又说不出来。

"您听我说！"她抓住我的手继续说，"您说说看，难道您能这么做吗？您不会抛弃一个亲自登门求您的姑娘吧？您会关心爱护她的吧？您一定会想到她孤身一人，不会照料自己，想到她只知爱您而不会保护自己，想到她是无辜的，归根结底她没有错……她什么事也没有干过！……啊，天哪，我的天……"

"娜斯琴卡！"我压制不住内心的激动，终于叫道，"娜斯琴卡！您这是在折磨我呀！在刺痛我的心，在要我的命呀，娜斯琴卡！我不能再保持沉默了！我应该说话，把压在心头的话最后统统都说出来……"

说到这里，我从长凳上站了起来。她拉着我的手，惊讶地望着我。

"您怎么了？"她最后说。

"请听我说！"我果断地说，"听我说，娜斯琴卡！我现在要说话，全都是胡扯，异想天开，愚蠢透顶！我知道这件事永远也不会发生，但是我不能不说。我以您现在所遭受的痛苦的名义，先恳求您原谅！……"

"什么？什么意思？"她止住眼泪说，一面直盯盯地望着我，她那惊讶的眼睛闪耀着古怪好奇的光芒。"您这是怎么了？"

"这是不可能实现的，但是我爱您，娜斯琴卡！这就是我想要说的话！好啦，现在都说出来了！"我挥了一下手说道，"现在您看是否还可以像刚才那样和我说话，最后，是否还能够听听我对您要说的话……"

"怎么，那又怎么样？"娜斯琴卡打断我的话，"这有什么关系呢？我早就知道您爱我，但我只是觉得您不过是一般地喜欢我罢了……啊，我的天！我的天！"

"起初是一般地喜欢，娜斯琴卡，可是现在，现在……我跟您当时带着小包袱到他那里去的情形一模一样。比您还要糟，娜斯琴卡，因为他当时谁也不爱，而您却在爱别人。"

"您说的都是些什么呀！原来我根本不了解您。不过您听我说，您这是想干吗呢，就是说，不是干吗，而是为什么，为什么您要这样，这样突如其来……天哪！我在胡说八道！可是您……"

这时娜斯琴卡完全混乱了。她双颊发烧，垂下眼帘。

"怎么办呢，娜斯琴卡，我该怎么办！我错了，我滥用了……可是不，不，娜斯琴卡，我没有错。我听得见，感觉得到，因为我的心告诉我：我是对的，因为我决不会欺侮您，伤害您！过去我是您朋友，现在我仍然是您的朋友，丝毫没有改变。娜斯琴卡，您看，我现在泪流满面；让它流去好了，随它流去——这对任何人都无关紧要。它自己会干的，娜斯琴卡……"

"坐下，坐下呀，"她说着，扶我坐在长凳上，"啊，我的天！"

"不！娜斯琴卡，我不坐。我已经不能再待在这里了，您也不能再看到我了。我把话说完后就走。我只是想说，您可能永远不会知道我在爱着您。我会严守秘密的。现在，此时此刻，我本不会以我的私心来折磨您的。决不！但是现在我实在无法忍受，是您自己谈起这一点的，这是您的错，都是您的错，我没有错。您不能把我赶走……"

"不会的，我不会把您赶走的，不会！"娜斯琴卡说。这可怜的姑娘在竭力掩饰自己的窘态。

"您不赶走我吗？好！那我就自己走。不过走之前我要先把话说完，因为您在这儿诉说的时候，我实在坐不住。当您由于……由于（我要明说了，娜斯琴卡）被人抛弃，您的爱情遭到拒绝而痛哭流涕、万般苦恼的时候，我感觉得到，我听得见，我的内心充满了对您的爱。娜斯琴卡，多么深的爱呀！……所以我感到痛苦极了，因为我不能以我的爱来帮助您……我心痛欲碎，因而我——我不能缄默，我应该说话，娜斯琴卡，我应该说话！……"

"对，对！说吧，说给我听，就这样跟我说！"她说着，做了一个莫名其妙的动作，"也许您觉得我这样跟您说话有些奇怪，但是……您说吧！我以后再对您说！把一切都对您说！"

"您在怜悯我，娜斯琴卡，您只是在怜悯我罢了，亲爱的朋友！覆水难收呀！说出去的话也是收不回来的！不是这样吗？喏，现在您什么都知道了。这就是出发点。好吧！现在一切都很好，您好好听着。当您刚才坐着哭的时候我心里在想（噢，让我告诉您我想的是什么吧！），我想（喏，当然这是不可能的，娜斯琴卡），我想，您……我想，您那时也许……唉，已经完全将此事置之度外，不再爱他了。当时——昨天和第三天我一再考虑过这件事，娜斯琴卡——当时我很可能这样行事，也一定会这样行事，使您能够爱上我。须知您曾经说过，曾经亲口说过，娜斯琴卡，您说您已经几乎完全爱上了我。啊，后来呢？这几乎就是我想要说的全部的话。现在要说的仅仅是，如果您当时爱上了我，那会怎么样呢？就这些，别的没什么了！请听我说，我的朋友——因为您毕竟还是我的朋友——当然，我是个很普通的人，又穷又没有地位，不过问题不在这里（我怎么总是讲不到点子上，这是由于太慌张的缘故，娜斯琴卡），我会非常地爱您，非常地爱，即使您仍然爱他，继续爱那个我素不相识的人，您也不会感到我的爱对您是个沉重的负担。不过您时时刻刻都会听到、感到有一颗感激的、热诚的、为您……的心在您的周围跳动……哎呀，娜斯琴卡，娜斯琴卡！您叫我真是难办呀！……"

"别哭,我不希望您哭。"娜斯琴卡说着迅速从长凳上站起身来,"咱们走吧,起来跟我一起走吧,别哭了。"她说着,用自己的手绢儿给我擦拭着眼泪,"好,咱们现在就走。也许我还有话要对您说……是的,既然现在他遗弃我,既然他忘记了我,虽然我还爱他(我不愿意骗您)……但是您听着,并且要回答我。如果,比方说,我爱上了您,就是说,如果我只是……哎呀,我的朋友,我的朋友!我想,我想当我称赞您没有爱上我时,我伤害了您,嘲弄了您的爱情!……啊,天哪!我怎么会看不出这一点,竟然预料不到呢!我有多傻呀,但是……哦,我决定了,我统统都说出来……"

"听着,娜斯琴卡,知道我要说什么吗?我要走了,要离开您了,这就是我要说的话!我只会使您感到痛苦。瞧,现在您已经为嘲笑过我而受到良心的责备了,而我却不愿意,不愿意您除了自己的痛苦之外……当然,是我的过错,娜斯琴卡,不过请您原谅!"

"等一等,听我说一句:您能够等待吗?"

"等待什么?怎么等待?"

"我爱他;但这很快就会成为过去的,也应该成为过去,不可能不成为过去;现在正在成为过去,我感觉得到……因此,也许事情今天就会结束,因为我非常恨他,因为当您和我在这里一同痛哭的时候,他却在嘲笑我;因为您不会像他那样抛弃我,因为您爱我,而他却不爱我,最后还因为是我自己爱您的……是的,我爱您!像您爱我那样地爱您!要知道这一点我早就亲口对您说过了,您是亲耳听见的——我之所以爱您,是因为您比他好,因为您比他高尚,因为……因为他……"

可怜的姑娘是那么激动,以至她根本无法把话说完;她的头靠在我的肩上,随后又伏在我的胸前伤心地哭着。我安慰她,劝说她,但是她仍然啼哭不止;她一直握住我的手,边哭边说:"等一等,等一等,过一会儿我就好了!我要告诉您……不要以为这眼泪——这没有什么,这不是脆弱的表现,等一等,很快就会过去的……"她终于不哭了,揩干了眼泪,我们又一起走着。我本来想说话,但她一个劲儿地要我等着。我们默默无言……最后她鼓起了勇气,开始说……

"事情是这样,"她说,声音显得微弱而颤抖,但声音里忽然带有一种清脆悦耳的东西，听起来沁人肺腑，暖人心房，"请不要以为我是个举止轻浮、水性杨花的人，不要以为我会轻易而迅速地绝情和变心……我已经爱了他整整一年，而且我可以向上帝起誓，我从来没有不忠实于他，这方面甚至连想都没有想过。他太看轻这一点了；他嘲笑了我——随他的便吧！可是他侮辱了我，刺疼了我的心。我——我不爱他，因为我只能爱那种宽厚、高尚、能够理解我的人；因为我自己就是这样，所以他根本不值得我爱——好了，随他去吧！他这样做更好，比我日后在等待中再了解他的为人、受骗上当要好……得，从此一刀两断！但是，我好心的朋友，怎么能知道，"她握住我的手继续说，"怎么能知道，也许我的整个爱情不过是一种错觉、一种思想假象？开始只是觉得好玩，都是些零碎琐事；兴许只是奶奶对我管束得太严的缘故？要不就是我应该爱另外一个人，不是他这样的，是另外一个能够怜爱我，并且……得了，不谈了，我们不谈这个了。"娜斯琴卡停了下来，由于激动，她一直气喘吁吁。"我只是想告诉您……我想告诉您，如果——您有心怜爱我，不愿使我遭受孤独的命运，没有安慰，没有希望；如果您能像现在这样永远地爱我，那么我可以起誓，我感激的心情……我的爱情，最终将不辜负您的爱……现在您愿意握住我的手吗？"

"娜斯琴卡，"我哭得上气不接下气地喊道，"娜斯琴卡！……啊，娜斯琴卡！……"

"好了，好了！现在一切都好了！"她尽量抑制着自己的感情说，"现在什么话都已经说了，不是吗？是吧？啊，您我二人都很幸福。一句话也不要再说了。等一等，原谅我吧……看在上帝的面上，谈点别的事情吧！……"

"好的，娜斯琴卡，好的！这事已经谈得够了，现在我很幸福，我……好，娜斯琴卡，好的，我们谈谈别的事，快点儿，快点儿谈。好！我很乐于……"

可是我们不知道说什么好，我们笑着，哭着，说了许多毫无意义、前言不搭后语的话。我们一会儿沿着人行道走，一会儿突然又折回来，穿到街的对面，然后停下脚步，再穿过去，走上河岸。我们像两个孩子……

"娜斯琴卡，现在我一个人生活，"我说，"可是明天……啊，当然，娜斯琴卡，您知道，我很穷，我总共只有一千二百卢布,但这没关系……"

"当然没关系,奶奶有年金;她不会妨碍我们的。应该跟奶奶一块儿过。"

"当然应该一块儿过……不过玛特辽娜……"

"对了,我们还有个菲奥克拉呢!"

"玛特辽娜的心肠很好,只是有一个缺点:缺乏想象力,娜斯琴卡,一点想象力都没有,不过这没有关系!"

"反正都一样,她们俩可以住在一起,只是您明天得搬到我们这儿来。"

"什么?搬到你们那儿!好,我很乐意……"

"是的,您可以租下我们一个房间。我们楼上有一间小阁楼现在空着,原先住过一个房客,是个老太婆,挤牛奶的,她已经走了。我知道奶奶想租给一个年轻人;我说:'干吗要租给年轻人呢?'奶奶说:'没什么,我已经老了,不过,娜斯琴卡,你可别以为我是想让你嫁给他的。'其实我猜到了,她这是为了……"

"啊,娜斯琴卡!……"

于是我们俩笑起来。

"呃,得了,得了,得了。不过您住在哪儿呀?我忘记了。"

"一座桥旁边,巴兰尼科夫楼。"

"这是很大的一幢楼吗?"

"是的,是幢很大的楼。"

"啊,知道,这是一座很好的楼房,不过您还是不要住了,尽快搬到我们这儿……"

"明天搬吧,娜斯琴卡,明天,那边我还有一点房租要付,不过这没关系……很快我就要领到薪水了……"

"要知道,或许我也可以教书的;先自学,后教书……"

"那太好了……娜斯琴卡,我很快就会得到一笔奖金……"

"这么说,明天您就是我们的房客了……"

"是啊,然后我们去看《塞维勒的理发师》,因为现在又要上演了。"

"对,我们一定去看,"娜斯琴卡笑着说,"不,最好不要看这个《理发师》,看个别的什么……"

"对,看个别的什么。当然,这样更好些,我没有想到……"

我们两人边说边走,仿佛置身于云雾之中,迷迷糊糊的，自己也不知道是怎么回事。我们一会儿停下来，站在那里谈个没完，一会儿又继续往前走，天晓得走到了什么地方；我们又是笑，又是哭……娜斯琴卡忽然想回家了，我不敢挽留她，希望能送她一直到家，我们向前走去，一刻钟以后，忽然发现走到了我们常来的河边长凳旁边了。于是她又感叹起来，眼睛里噙满了泪水；我非常害怕，吓得我浑身直发凉……但她立即抓住我的手，继续向前走去，边走边说……

"好了，现在我该回家了，看来已经很晚了，"她终于说，"我们不能再孩子气了！"

"是啊，娜斯琴卡，不过我现在睡不着，我不想回去。"

"看来我也不会睡得着的，不过您得送我回去……"

"那是一定！"

"这次我们可要一直走到家门口了。"

"一定，一定……"

"真的吗？……因为总有一天要回家的呀！"

"真的。"我笑着回答说。

"咱们走吧！"

"娜斯琴卡，看呀，看那天色！明天一定是好天气;天空是多么地蓝呀,多好的月亮!看呀,这朵黄色的云彩马上就要遮住它,看呀,看呀!……不,云彩从旁边过去了。看呀,看呀!……"

但娜斯琴卡没有看那云彩,她默默地站着,一动不动;过了一会儿,她好像有些害怕的样子,一直朝我身边靠。她的手在我的手里直打战;我看了她一眼……她跟我挨得更紧了。

这时,一个年轻人从我们身边走过。他突然停住步,朝我们很仔细地看了一眼,然后又迈出了几步。

"娜斯琴卡,"我小声地问,"这个人是谁?娜斯琴卡!"

"就是他!"她喃喃地说,这时她跟我挨得更紧,颤抖得更厉害了……我快要站不住了。

"娜斯琴卡!娜斯琴卡!是你呀!"我们身后传过一个人的声音,这时年轻人向我们走过来几步……

天哪,她尖叫一声,身子猛烈地哆嗦了一下;她甩开我的手直接向他奔去!……我呆若木鸡地站在那里,望着他们。但是她刚想要把手伸给他,投入他的怀抱,却突然转过身,风驰电掣般地来到我的身边,在我还没有来得及弄清是怎么回事的时候,她的双手已经搂着了我的脖子,热情、着实地吻了我一下。然后,一句话也没说,又朝他奔去,挽着他的手,双双离去。

我久久地站在那里,望着他们的背影……终于,他们在我的眼前消失了。

早晨

我的夜晚因早晨的来临而结束。天气不好,在下雨。雨滴忧郁地鞭打着我窗上的玻璃;屋内非常昏暗,院子里一片阴沉。我头痛,晕眩,一场热病无声无息地浸入了我的肌体。

"老爷,有您一封信,是城里邮差送来的。"玛特辽娜躬身对我说。

"信?谁寄来的?"我叫道,从椅子上一跃而起。

"我没有看,老爷,您看看,也许上面写明是谁寄的呢。"

我拆开信。是她写的!

娜斯琴卡写道:

啊,对不起,请原谅我!我跪下来求求

您,宽恕我吧!我既欺骗了您,也欺骗了我自己。这是一场梦,一个幻觉……为了您,我万分痛苦;原谅我,原谅我吧!……

请不要责怪我,因为我对您的态度没有任何改变;我说过,将来我会爱您的,就是现在我也爱着您,比爱还要深。啊,天哪!如果我能同时爱你们两个人该多好!啊,如果您就是他该多好!

"啊,如果您就是他该多好!"这声音回旋于我的脑际。我记起了您说的话,娜斯琴卡!

我现在对您所做的事,上帝都看在眼里!我知道您很痛苦,很难过。我伤害了您,但是您知道——要是真正爱一个人,就未必会长久地怀恨在心。而您是爱我的呀!

我非常感激!是的!非常感激您的钟爱!因为它像一个醒后久久不能忘怀的甜蜜的梦,永远印记在我的脑海;因为我将永远记住那值得怀念的瞬间,当时您像亲兄弟那样向我敞开了您的心扉，宽厚地接受了我那颗备受创伤的心，珍惜它，医治它……如果您能够宽恕我，我将对您感恩戴德，永志不忘……我将永远珍惜这一段记忆，永远忠实于它，不背弃它，不违背自己的心意；因为这颗心太专一了，它昨天就已经迅速找到了永远属于它的归宿。

我们还会见面的，您将会来看我的，您不会抛开我们的，您永远是我的朋友、我的兄弟……当您再看到我时，您会向我伸出手来的……是不是？您会向我伸出手的，您已经原谅了我，不是吗？您仍像从前那样爱我吗？

啊，爱我吧，不要抛开我，因为此时此刻我多么地爱您，因为我无愧于您的爱，因为我值得您爱……我亲爱的朋友！我下周就同他结婚。他这次回来仍是爱我的，他从未忘记过我……您不要因为我提到他而生气。我愿同他一起去看您，您会喜欢他的，不是吗？……

原谅我们吧，请记住并热爱。

您的娜斯琴卡

这封信我反复读了很久;眼泪止不住夺眶而出。最后,信从我的手中落下来,我双手捂着自己的脸。

"哥儿!哥儿!"玛特辽娜叫道。.

"什么事,老婆子?"

"天花板上的蜘蛛网我全都打扫干净了,现在要是办婚事、请客都可以,要是像前些时候……"

我望了玛特辽娜一眼……不久前她还是个朝气蓬勃的年轻老婆子,但不知为什么,现在我忽然觉得她目光痴呆、满脸皱纹、驼背、衰老……不知为什么,突然我觉得我的房间也像她一样老态龙钟。墙壁和地板也失去了光泽,一切都灰蒙蒙的,蜘蛛网比以前更多了。不知为什么,当我向窗外眺望时,觉得对面那幢房子破旧不堪,圆柱上的泥灰已经剥落,屋檐业已变黑和破损,醒目的深黄色墙壁已经出现许多污斑……

阳光突然从乌云的背后窥视了一眼,重又躲藏起来了。也许出于这个缘故,一切东西在我的眼里又变得暗淡无光了。再不就是我未来的前途凄凉而忧郁地展现在我的面前,于是我看到了我自己现在的样子,看到了整整十五年后变老了的样子,但还是住在这间屋子里,仍然孤独一人,仍然同这个多年来脑子丝毫没有变聪明些的玛特辽娜住在一起。

但是,娜斯琴卡,要我记住我受到的委屈吗?要我在你那明朗安泰的幸福上蒙上一片阴影,要我痛苦地责备你,引起你内心的苦恼,用暗中的谴责来折磨你的良心,使你在幸福的时刻内心不得安宁;要我揉碎你同他走向祭坛时插在你黑色鬈发上仅有的一朵娇嫩的鲜花吗?……啊,不会的,永远也不会的!但愿你的天空永远晴朗无云,你那甜蜜的微笑永远欢快而平静;你将因给另一颗孤独的、感激的心带来过愉快和幸福而受到祝福!

我的天哪!整整一分钟的幸福!然而——即使是对于人的一生来说,难道这还少吗?……

脆弱的心

在同一幢房子的四层楼上,同一套房间里,住着两位年轻的同事,阿尔卡季·伊万诺维奇·涅费杰维奇和瓦夏[1]·舒姆科夫……当然,作者感到必须向读者说明一下,为什么一个主人公的名字用的是全称,而另一个则只用小名。虽则,比如说,这只是为了人们不致认为这种表述方式有失体统,而又多少有些不够严肃;不过,为此就必须对人物的官职、年龄、头衔、职务,甚至性格,事先作一番介绍和描述。鉴于这样开篇的作家很多,本书作者只是为了不因袭前人(也许有人会说这是由于作者过强的自尊心),决计开门见山,从故事本身讲起。讲完这段开场白便开始进入正题。

新年前夕,晚上六点钟左右,舒姆科夫回到了家里。在床上躺着的阿尔卡季·伊万诺维奇醒了过来,他眼睛半睁半合地看了看自己的朋友。他瞧见他的朋

---

[1] 瓦夏是瓦西里的小名。

友穿着一套非常考究的便装,里面是干干净净的胸衣。很自然,这使他大为惊讶。"瓦夏这身装束是去哪儿了?而且中午也没有在家里吃饭!"这时舒姆科夫点上了蜡烛;阿尔卡季·伊万诺维奇当即就想到他的这位朋友准会无意中把他吵醒的。果不其然,瓦夏连着咳嗽两次,在屋里来回走了两趟,最后在屋角炉子旁装烟斗的时候,又无意中把烟斗掉落在地上。阿尔卡季·伊万诺维奇心里直觉得好笑。

"瓦夏,别耍滑头了!"

"阿尔卡沙[1],你没有睡着?"

"是啊,说不清睡着没有,好像是没睡着。"

"哎呀,阿尔卡沙!你好,亲爱的朋友!喂,老兄!我说,老兄呀!……你不知道我要告诉你一件什么事吧!"

"一点儿也不知道。你过来说吧。"

瓦夏好像正等待着他的这一句话,立即走了过去,但他万万没有想到阿尔卡季·伊万诺维奇会心怀诡计。阿尔卡季一把抓住他的手,扭到背后,把他按

---

[1] 阿尔卡沙是阿尔卡季的小名。

在自己身下,像人们常说的,开始对受害者"大加折磨"。看来,这给生性快乐的阿尔卡季·伊万诺维奇带来了很大的满足。

"中计了吧!"他叫道,"中计了吧!"

"阿尔卡沙,阿尔卡沙,你这是干什么呀?放开,看在上帝的分上,放开我,我的燕尾服都要弄脏了!……"

"不要紧。你要燕尾服干什么?你为什么那么轻信别人,自讨苦吃呢?快说,你到哪儿去了,在什么地方吃的午饭?"

"阿尔卡沙,看在上帝的分上,放开我吧!"

"在哪儿吃的午饭?"

"我正要说这件事呢。"

"那就说吧。"

"你得先放开我。"

"那可不行,你不说,我就不放!"

"阿尔卡沙,阿尔卡沙!你明白不明白,这样不行,无论如何都不行!"瓦夏有气无力地喊道,一面想从对方抓紧的手中挣脱出来,"因为有些事情!……"

"什么事情?……"

"在这种情况下不宜讲的事情,否则就有失尊严了;无论如何都不能讲,不然就会显得非常可笑,可这事情一点也不可笑,而是非常重要。"

"去你的吧,非常重要!又在瞎编了!讲给我听听,让我乐一乐,讲吧,讲吧。我可不想听什么重要的东西,不然你还算朋友吗?你算什么朋友?啊?"

"阿尔卡沙,天地良心,不能说呀!"

"我也不想听……"

"好吧,阿尔卡沙!"瓦夏开始说,一面横躺在床上,尽量装出自己的话非常重要的样子,"阿尔卡沙!我还是说了吧,不过……"

"到底怎么啦?……"

"咳,我订婚了!"

阿尔卡季·伊万诺维奇一听,二话没说,一声不响地把瓦夏像小孩子似的抱在手上(尽管瓦夏的身材不矮,是个细高个),然后十分麻利地抱着他在屋里走来走去,装出要哄他睡觉的样子。

"我要把你这个未婚夫好好地包装一番。"他郑重其事地说。但是他发现瓦夏躺在他手里一动不动,一句话也不说,他立刻意识到玩笑显然开得太过分了。他把他放在屋子中间,真诚友好地吻了吻他的脸。

"瓦夏,你没生气吧?"

"阿尔卡沙,你听我说……"

"喏,迎接新年嘛。"

"我倒没什么。你自己干吗这么疯疯癫癫的,像个浪荡公子?我对你说过多少次了,阿尔卡沙,实话对你说吧,你这样并不表明你多么机敏,一点儿也不!"

"喏,你没生气吧?"

"我倒没什么,什么时候我生过别人的气?不过你叫我很伤心,你知不知道?"

"我怎么使你伤心了?我做了什么了?"

"我把你当成朋友,以诚相待,把心窝子里的话都掏给了你,把我的喜事讲给你听……"

"什么喜事呀?你怎么不讲呢?"

"喏,我就要结婚了!"瓦夏懊恼地回答说,因为他确实有点恼火了。

"你要结婚了!这么说是当真的?"阿尔卡沙大声喊道,"不,不……这是咋的啦?"他一边这么说着,还一边流着泪！……"瓦夏，我亲爱的瓦休克[1]，我的好孩子。够意思的！是真的吗？"阿尔卡季·伊万诺维奇再次扑过去。

"喏，你知道弄成现在这个样子是什么原因吗？"瓦夏说，"要知道，你是个好心人，是我的朋友，这我知道。我兴高采烈地来找你，怀着满心的喜悦；可是忽然间，我的这种内心喜悦，这种兴奋心情，却只能用横躺在床上打滚的方式来向你表露。你明白，阿尔卡沙，"瓦夏似笑非笑地接着说，"这副样子非常滑稽可笑。是啊，我这个时候的样子有些得意忘形了。我不能贬低这件事情的意义呀……你要是现在问我：她叫什么名字？我发誓，打死我，我也不会告诉你。"

"是嘛，瓦夏，你何必要守口如瓶呢！你要是早一点把事情告诉我，我就不会跟你逗着玩了。"阿尔卡季·伊万诺维奇深为后悔地叫道。

"喏，算了，算了！我这只不过是……其实你也知道这都是为什么——都是因为我的心太善良了。我心里感到很懊恼的是，我未能把我的本意告诉你，让你

---

[1] 瓦休克是瓦夏的爱称。

高兴高兴，给你带来愉快，没有好好跟你讲，让你了解清楚……真的，阿尔卡沙，我非常爱你，要是没有你，我觉得我也不会结婚，甚至我根本就不会活在这个世上！"

阿尔卡季·伊万诺维奇本来就是个极其多愁善感的人，听瓦夏这么一说，又是笑又是哭，瓦夏也一样，两人再一次相互拥抱，把刚才的事儿忘得一干二净了。

"瓦夏，怎么回事，这到底是怎么回事？全讲给我听听！老弟，请原谅，我真是非常惊讶，简直是大吃一惊，就像天上打了个响雷一样，千真万确！不是真的吧，老弟？不，是你瞎说的吧？真的，是你瞎编出来，骗人的吧？"阿尔卡季·伊万诺维奇叫道，甚至满腹疑虑地瞧了瞧瓦夏的脸，但是看得出，他真是容光焕发，下定决心要尽快地结婚。于是，他一头扑到床上，高兴得直翻跟斗，震得墙壁直颤动。

"瓦夏，你坐过来！"他叫道，终于在床上坐了起来。

"我呀，好兄弟，真不知道该怎么讲，从何说起？"

两人喜不自胜，相对而视。

"是吗？"

"喏，以前我在你耳边老谈他们家的事，后来就不再说了,可是你却什么都没有察觉出来。哎呀,阿尔卡沙,有事要瞒着你可真是难呀!我提心吊胆,生怕说漏了嘴!我心里想事情可能成不了,可是,阿尔卡沙,我确实是爱上了!天哪,我的天哪!瞧,事情是这样的,"他开始说,由于激动,他的话时断时续,"她有过未婚夫,那还是一年前的事,可是那人突然被派到什么地方出差去了。我也知道此公为人,算了,随他去吧!喏,他这一去,连封信也不写,犹如石沉大海。让人等呀,等呀;这是什么意思?……四个月前,他突然回来了,已经结了婚,而且连她家的门也不登。粗暴无礼!卑鄙之极!而且谁也没有为他们鸣不平。她哭呀,哭呀,真可怜,而我却爱上她了……其实我早就爱上她了,一直都在爱她!我开始安慰她,常到他们家去……不过我确实不知道这一切是怎么发生的,只知道她也爱上我了。一周前我实在憋不住了,大哭一场,把一切都告诉了她——喏!说我爱她——总之,都说了!……'我自己也爱您,瓦西里·彼得罗维奇,不过我是个可怜的女子,请不要嘲笑我;我不敢奢望爱什么人。'我说,老兄,你明白吗?你明白吗?……当时我们口头上就订了终身;我反复考虑,再三琢磨;

我说：怎么跟你妈说呢？她说：不好办，等等再说吧。她有些担心，怕她妈现在不会同意让她嫁给我。她哭了。我没跟她先商量，今天一股脑儿都对老太太讲了。莉赞卡[1]当面向她跪下，我也跪下了……喏，随后老太太就祝福了我们。阿尔卡沙，阿尔卡沙！我亲爱的朋友！我们今后将在一起生活。无论如何你我都不能分开，决不分开"

"瓦夏，无论我怎么看你，还是不相信，真的，总有点不相信，我向你发誓。真的，我总觉得有点那个……听我说，你这么就要结婚了？……我怎么就不知道，啊？不错，瓦夏，我向你承认，我本人，老弟，曾经想到过要结婚，可如今你却要结婚了。这倒无所谓，反正都一样！好吧，祝你幸福，祝你幸福！……"

"兄弟，现在我心里甜滋滋的，轻松愉快……"瓦夏说。他站起身来，激动地在屋里迈着方步。"难道不是吗，难道不是这样吗？你不是也有这种感觉？当然，我们将来的日子会苦一些，但我们会幸福的，因为这不是异想天开。要知道，我们的幸福不是像书里

---

[1] 莉赞卡是莉扎的爱称。

说的那样,我们会实打实地幸福生活的!……"

"瓦夏,瓦夏,你听我说!"

"说什么?"瓦夏说,在阿尔卡季·伊万诺维奇面前停住了脚步。

"我有个想法,不过,我有点不敢对你直说!……你要原谅我,帮我解释我心中的疑问。你将来靠什么生活呢?你知道,你要结婚了,我非常高兴,当然非常高兴,简直无法控制自己的感情,但是,你以后的日子怎么过呀?啊?"

"哎呀,上帝呀,我的上帝!阿尔卡沙,你怎么啦?"瓦夏说,他十分惊讶地看着涅费杰维奇。"你到底是怎么啦?就是老太太,当我把一切向她说清楚后,她连两分钟都没有考虑。你问他们以前怎么生活吗?他们一家三口年收入五百卢布,因为她父亲死后就这么些赡养费。她、他们家老太太,还有小弟弟,就靠这些钱生活,她弟弟的学费也从这笔钱里开支!因为只有你我这些人日子过得才像资本家一样!而我,碰上好年景,也许还能挣个七百卢布呢。"

"你听我说,瓦夏,请你原谅,真的,我一直是这么想的,不要给你泼冷水——哪里有七百卢布呀?只有三百……"

"三百！那尤利安·马斯塔科维奇呢？忘了？"

"尤利安·马斯塔科维奇！我的好兄弟，要知道，这事还把握不定呢。这可不像那三百卢布薪水可靠，每一个卢布都是你忠贞不贰的朋友。至于尤利安·马斯塔科维奇，当然喽，他甚至是个大人物，我尊敬他、了解他，他地位这么高也不无道理。而且，说实在的，我喜欢他，是因为他喜欢你，还给你工作做，而他本来是可以不付这笔报酬的，只用直接给自己派个公务员就行了。但是，瓦夏，你自己也会同意……请再听我一句，因为我不是在胡说八道。我同意，整个彼得堡再也找不到像你这样好字体的人了，我心服口服，甘拜下风。"涅费杰维奇不无赞赏地说，"但是可不能出现意外！万一人家不喜欢你了，忽然对你不满意了，或是这项工作突然停了，突然招聘了别的什么人——是啊，说到底，什么情况不能发生呀！要知道，瓦夏，尤利安·马斯塔科维奇有在的时候，也会有不在的时候……"

"阿尔卡沙，你听我说，照你这么说，我们头上的天花板可能马上就要塌下来了……"

"噢,当然,当然……我也没有别的意思,只是随便说说……"

"不,你听我说,听我把话说完。你也看得出,他怎么会不要我呢……不,你好好听着,把我的话听完。要知道,一切工作我都尽力地完成;而且他这个人心地善良,他今天,阿尔卡沙,要知道,他今天还给了我五十个银卢布呢!"

"是吗,瓦夏?这么说是奖金了?"

"什么奖金呀!是他自己掏的腰包。他说:老弟,你已经第五个月没拿到钱了,愿意的话,你就收下吧,谢谢。他说:谢谢你,我很满意……真的!他说:我不会让你白干的——真的!他就是这样说的。阿尔卡沙,我的眼泪都流出来了。天哪!"

"听我说,瓦夏,那些文件你都抄完了吗?……"

"没有……还没有抄完。"

"瓦……先卡[1]!我的天使!你怎么搞的?"

"听我说,阿尔卡季,没关系,还有两天才到期,来得及……"

---

[1] 瓦先卡是瓦西里的小名。

"那你为什么不抄呢？……"

"瞧你，又来了！你这么愁眉不展地看着我，弄得我心里七上八下的，胸口直疼！喏，又怎么样？你总是这样折磨我！一个劲儿地喊：哎呀呀，哎呀呀！你自己说说看，到底这是怎么回事儿？我会抄完的，真的，会抄完的……"

"要是抄不完呢？"阿尔卡季跳起来嚷道，"他可是今天给你的奖金呀！你却在这里准备结婚……哎呀呀，哎呀呀！……"

"没关系，没关系，"舒姆科夫喊道，"我马上就去坐下，立刻就去抄。没关系！"

"你怎么能玩忽职守呢，瓦休特卡[1]？"

"哎呀，阿尔卡沙！喏，我能够坐得住吗？以前我是这个样子吗？现在坐在办公室里都很勉强，因为我无法静下心来……哎呀，哎呀！现在我得熬夜了，明天熬他一个通宵，后天再熬一夜，这样也就赶完了！……"

"剩下的多吗？"

1　瓦休特卡也是瓦西里的小名。

"别打扰我,看在上帝的分上,别打扰我,不要说话……"

阿尔卡季·伊万诺维奇踮着脚走到床边,坐了下来;然后突然又想站起来,由于激动,他怎么也坐不住。显然,刚才的消息使他大为震惊,他最初的兴奋心情还没有过去。他看了看舒姆科夫,舒姆科夫也看看他,微微一笑,伸出一个指头以示警告,然后紧皱眉头(似乎工作的全部分量和成就都包含在这里了),眼睛直盯着文件。

看来他也未能克制住自己激动的心情。他不停地换笔尖,在椅子上扭来扭去,想坐得合适一点,然后又埋头抄写,但是他的手一直发抖,不听使唤。

"阿尔卡沙!我对他们说起过你!"他突然喊道,好像刚刚想起来似的。

"是吗?"阿尔卡季叫道,"我正想问你呢,怎么样,说说!"

"是啊!是该说说,以后我会全告诉你的!真的,这都怪我自己不好,是我完全给忘了,本来说过不抄完四张纸什么也不说的,可是却想起了你和他们家的人。我呀,兄弟,不知怎么了,简直没法子抄,脑子里总想着你们……"瓦夏笑了笑。

沉默片刻。

"呸!这支笔真是讨厌!"舒姆科夫叫道,他气恼地把笔往桌子上一摔,拿起了另一支笔。

"瓦夏,你听我说!说一句话……"

"好吧!快点,这是最后一次。"

"你剩下的还多吗?"

"哎呀,老兄! ……"瓦夏紧皱双眉,仿佛世界上再没有什么比这个问题更可怕和更要命的,"很多,非常之多!"

"你知道吗,我有过一个主意……"

"什么主意?"

"没什么,没什么,你抄吧。"

"说呀,什么主意?什么主意?"

"瓦休克,现在已经是六点多钟了!"

涅费杰维奇这时候微微一笑,狡猾地向瓦夏眨了眨眼睛,但是还有些不放心,不知瓦夏作何反应。

"怎么,你想说什么?"瓦夏说,干脆停住笔不抄,直盯住他的眼睛,由于等待心切,甚至脸色都急得发白了。

"你知道是什么主意吗?"

"看在上帝的分上,是什么主意?"

"知道吗?你现在心情激动,干不了许多活儿……等一等,等一等,不用急,不用着急——我知道,我知道——听我说呀!"涅费杰维奇说着,兴奋地从床上跳起来,打断刚刚开口的瓦夏的话,竭力阻止反对的意见。"首先必须静下心来,必须精神集中,对吧?"

"阿尔卡沙!阿尔卡沙!"瓦夏从椅子上站起来大声说,"我可以整夜,坐个通宵,真的,坐个通宵!"

"是呀,是呀!不过到早上你就会睡着的……"

"不会,怎么也不会睡着……"

"不行,这样不行。当然你得睡觉,五点钟你躺下,八点钟我叫醒你。明天是个节日,你坐下来,抄他一整天……然后又是一夜,这样——你手头剩的还很多吗?……"

"喏,这不,就这些!"

瓦夏又兴奋,又着急,哆哆嗦嗦地指了指笔记本。

"就这些!……"

"听我说,老兄,这并不算多……"

"亲爱的,那里还有。"瓦夏说,小心翼翼地看着涅费杰维奇,仿佛去不去参加节日要由他决定了。

"还有多少?"

"两个……印张……"

"咳,这算什么?喏,你听我的!抄完不成问题,真的,来得及!"

"阿尔卡沙!"

"瓦夏!你听我说!眼下是新年前夕,家家户户都全家团聚,你我却是无家可归之人,孤独无依……唉!瓦先卡!……"

涅费杰维奇一把搂住瓦夏,把他紧紧抱在自己的雄狮般的怀抱里……

"阿尔卡季,就这么说定了!"

"瓦休克,我想说的也是这个意思。瞧,瓦休克,瞧你笨头笨脑的样子!听我的!要知道……"

由于兴奋过度,阿尔卡季大张着嘴,却一时说不出话来。瓦夏扶着他的肩头,睁大眼睛望着他,嘴唇一动一动的,好像自己想替他把话说完似的。

"喏!"最后他终于说。

"今天请把我介绍给他们!"

"阿尔卡季!我们上那里喝茶去!知道吗?你知道

吗？我们甚至坐不到新年来临的时刻，我们早一点离开。"瓦夏异常兴奋地说。

"说好坐两个小时，不多也不少……"

"然后就离开，直到我把文件抄完！……"

"瓦休克！"

阿尔卡季三分钟就穿戴完毕，焕然一新。瓦夏只是洗把脸，弄弄干净，连衣服都没换。他还惦记着抄写的事呢。

他们急匆匆地走上大街，一个比一个高兴。他们走在彼得堡去科洛姆纳区的路上。阿尔卡季·伊万诺维奇的步伐矫健有力，单从脚步这一点就可以看出他为正在交好运的瓦夏的幸福感到由衷的高兴。瓦夏的脚步迈得较小，但不失庄重。相反，阿尔卡季·伊万诺维奇从前还从未看到过他如此地精神。此时此刻，他甚至觉得自己对瓦夏更加敬重了。读者一直不知道瓦夏有某种生理缺陷（他身子有点歪斜），这一点，在阿尔卡季·伊万诺维奇善良的心里一直引起深切的同情，现在更使他对瓦夏产生一种怜爱之心。作为朋友，此时他对瓦夏怜爱有加，而瓦夏自然也表现得当之无愧了。由于感到很幸福，阿尔卡季·伊万诺维奇简直想哭上一场,不过他还是忍住了。

"往哪儿走,瓦夏,你往哪儿走呀?从这边走近些!"他看见瓦夏向沃兹涅先斯基教堂那边拐去,便大声喊道。

"别喊,阿尔卡沙,别喊……"

"真的,这里近些,瓦夏。"

"阿尔卡沙!你知道什么呀?"瓦夏神秘兮兮地说,高兴得声音都变嗲了,"你知道个啥呀?我想给莉赞卡送件小礼物……"

"你要送什么呀?"

"这儿,老兄,拐角列卢太太那里,是一家非常好的商店!"

"那么,去看看!"

"包发帽,亲爱的,包发帽。今天我看见一种小小的包发帽,可爱极了。我问这是什么式样,据说叫曼侬·莱斯戈[1],漂亮极了!银灰色的带子,要是价钱不贵……阿尔卡沙,就是贵也无所谓!……"

"你呀,瓦夏,我看你比所有的诗人都更具诗人气

---

[1] 法国作家普雷沃(1697—1763)的同名小说中女主人公的名字。

质！咱们走吧！……"

他们跑了过去，两分钟后就进了商店。迎接他们的是一位黑眼睛的法国鬈发女人，她一见两位顾客，当即笑脸相迎，做出和他们一样高兴和幸福的样子，甚至显得比他们两个还要高兴和幸福，如果可以这样说的话。瓦夏高兴得真想上去吻一吻列卢太太……

"阿尔卡沙！"他扫了一眼店堂大案台木货架上陈放的琳琅满目的贵重物品。"太漂亮了！这是什么？这个是什么？你瞧，比方说，这顶帽子，看见了吗？"瓦夏低声说，一面指着边上一顶挺好看的小包发帽，但他并不想买它，因为他打老远就相中了对面放着的另一顶真正漂亮的包发帽。他两眼直勾勾地盯住它，好像担心有人会拿走它似的，要不就是害怕包发帽故意跟他作对，自己会不翼而飞。

"这一顶，"阿尔卡季·伊万诺维奇说，指着一顶帽子，"依我看，这一顶最好。"

"行呀，阿尔卡沙！你真令人佩服，真的，对于你的眼力我是特别服了。"瓦夏说，他半开玩笑地表露出对阿尔卡沙的崇爱之心，"你说的那一顶漂亮极了，不过你过来一下！"

"那儿,老兄,有更好的吗?"

"你过来看看呀!"

"这一顶吗?"阿尔卡季怀疑地说。

但是当瓦夏忍不住从木架上往下摘取的时候,那顶帽子好像在长期受冷落之后突然被顾客光临,高兴得腾地自动飞将下来;那上面的绦带、折纹、花边迎风而下,索索作响;从阿尔卡季·伊万诺维奇的健壮的胸腔里突然发出一声赞叹。在观察他们挑选的时候,列卢太太一直保持着鉴赏力方面毋庸置疑的特长和优越感,只是出于礼貌,她一直默不作声,这时连她也对瓦夏报以赞许的微笑,其神态、目光、手势、笑容等一切都在说明:选得对,挑得好!配得上等待着您的幸福。

"哎呀,你躲在一边撒娇卖俏呀!"瓦夏叫道,他把自己全部的爱都倾注在这顶可爱的包发帽上了,"亲爱的,你这个小滑头,故意躲在这儿呀!"于是,吻了它一下,其实只是吻了它周围的空气,因为他生怕碰着自己的宝贝。

"真正功高德劭才如此隐身匿迹。"阿尔卡季兴冲冲地补了一句,这是他为了俏皮,引用早上一份幽默小报上看来的一句话,"你看,瓦夏,怎么样?"

"真了不起,阿尔卡沙!你今天是出口成章,妙语连珠呀。我敢预言,你定会像他们所说的,博得女人们的欢心。列卢太太,列卢太太!"

"有什么吩咐?"

"列卢太太,亲爱的!……"

列卢太太看了阿尔卡季·伊万诺维奇一眼,会心地笑了笑。

"您想象不出此时此刻我是多么地喜欢您……请允许我吻您一下……"于是,瓦夏吻了吻女老板。

没说的,在这种时候必须激起全部自尊感才不至于因这种浪荡公子的举止而有失自己的身份。但是我认为,还必须具备列卢太太在面对瓦夏的热情要求时所表现出的与生俱来的、毫不做作的亲切态度与优雅风度。她原谅了他,在这种场合下她表现得是多么地聪明和优雅大方啊!难道可以冲瓦夏生气吗?

"列卢太太,多少钱?"

"五个银卢布。"她理了理衣服,重新笑着回答说。

"这一顶呢,列卢太太?"阿尔卡季·伊万诺维奇指着自己选中的一顶帽子说。

"这一顶八个银卢布。"

"噢,对不起!对不起!列卢太太,您看哪一顶更好一些,更优雅和更可爱一些,您以为哪一顶更合适?"

"那一顶比较豪华,不过您选的这一顶——C'est plus coquet[1]。"

"那好,我们就要这一顶!"

列卢太太取出一张很薄很薄的纸,用一支别针别起来,看上去这张包有帽子的纸比没有包帽子时还要轻些。瓦夏屏住呼吸,小心翼翼地拿着它,向列卢太太躬身施礼,还对她说了句什么非常客气的话,然后走出了商店。

"阿尔卡沙,我是个讲究享乐的人,天生如此!"瓦夏叫道,一面放声大笑,同时又发出一种听不清的、细弱的、神经质的笑声。他急匆匆地赶过街上的行人,怀疑他们个个都心怀叵测地要挤坏他的宝贝包发帽!

"听我说,阿尔卡季,听我说!"过了一会儿他说,声音里带着一种煞有介事和无比快乐的调子,"阿尔

---

1 法语:更娇媚,更俏丽。

卡季,我太幸福了,太幸福了!……"

"瓦先卡!亲爱的,我也非常幸福!"

"不,阿尔卡沙,不,你对我的爱是无限的,这我知道,但对此刻我内心的感受你所体会到的还不到百分之一。我心里充满了激情,充满了幸福!阿尔卡沙!我不配有这种幸福!这一点我体验到,也感受到。为什么我应该得到呢?"他泣不成声地说,"我做了什么事情啦,请告诉我!你瞧,有那么多的人,流了那么多的眼泪,受了那么多痛苦,过了多少没有喜庆节日的平庸无聊的生活!而我呢!这么好的一位姑娘偏偏爱上了我……你自己马上就会看到她,你自己来评价她这颗高尚的心吧。我出身低微,现在我有了官职和独立收入——薪俸。我天生残疾,身子有点歪。你瞧,我就这个样子,她竟爱上我了。今天,尤利安·马斯塔科维奇是那么温和,那么关怀,那么客气;他平时很少跟我说话,这次却走到我跟前说:'喂,怎么样,瓦夏(真的,他就这样直接叫我瓦夏),过节玩个痛快吧,啊?'(他自己笑了。)

"我说:'阁下,话虽这么说,我还有事呢。'这时我壮了壮胆子说:'阁下,我也许会玩的。'真的,我就这么说了。这时他给了我一些钱，然后又对我说了两句话。我，老兄，我哭了，真的，眼泪唰唰直流。他也一样，看来很受感动。他拍拍我的肩膀说：'瓦夏，你永远要感受现在所感受到的这种感情……'"

瓦夏沉默了一会儿。阿尔卡季·伊万诺维奇背过身去，用手背擦了擦眼泪。

"而且还有，还有……"瓦夏接着说，"阿尔卡季，这一点我还从来没有对你说过……阿尔卡季！你的友谊使我感到非常幸福，没有你，我在这个世上就活不下去——不，不，阿尔卡沙，你什么也不要说！让我握握你的手，让我向你表示万……分……感……谢！"瓦夏再次说不下去了。

阿尔卡季·伊万诺维奇真想扑过去一下搂住瓦夏的脖子，但因为他们正在横穿街道，而且几乎就在他们耳边响起一声"你们要找死呀！"的尖叫——他们两人吓了一跳，慌忙跑到人行道上。阿尔卡季·伊万诺维奇对此甚至感到很高兴。要不是刚才这个特殊情况，他会责怪瓦夏说这些感谢的话的。不过他自己心里感到很过意不去。他感到自己至今对瓦夏做的事太少了！当瓦夏为这种区区小事而对他千恩万谢时，他甚至感到非常羞愧!好在前面的日子还很长,阿尔卡季·伊万诺维奇这才较为轻松地叹了口气……

人家决定不再等待他们了!他们自己已经坐下喝茶就是很好的证明!真的,上了年纪的人看问题有时确实比年轻人,尤其是嘴上无毛的年轻人的眼光更敏锐一些!因为莉赞卡已经郑重向大家宣布,说他不会来了:"妈妈,他不会来了,我的心告诉我他不会来了。"可是妈妈总是说,她心里的感觉恰恰相反,他一定会来的,他在家里坐不住,会很快来的,眼下他又没什么公务,又正值新年前夕!莉赞卡开门时,完全出乎她的预料——她不敢相信自己的眼睛,面对他们,她的心怦怦直跳,就像被捉住的小鸟的心那样急速地跳动着;满脸通红,红得跟樱桃一样,其实她本人就很像一颗樱桃。天哪,真是意想不到!一声欢快的"哎呀"声不禁从她的双唇间飞出!"你真会骗人,亲爱的!"她大声喊道,紧紧搂住瓦夏的脖子……不过,请想象一下她的全部惊讶和突然感到的羞臊心情吧,因为阿尔卡季·伊万诺维奇就站在瓦夏的身后,他有点不知所措,仿佛只想躲藏在他的背后。应该承认,他在女人面前总是感到很不自在,觉得非常拘谨,甚至有一回还……不过这以后再说。然而，假如设身处地地为他设想一下，这也没什么可笑的地方。他站在前厅里，脚穿套鞋，身披外套，头上戴一顶刚刚匆忙摘下来的护耳皮帽，身上胡乱缠着一条极其难看的手织的黄色围巾，为了更醒目，围巾是从后面系上去的。所有这一切，应该统统解开，该摘下的赶快摘下来，这样与人见面会显得更体面一些，因为谁不希望与人见面时显得更体面一些呢。而面前的这位瓦夏却神情沮丧、令人生厌，尽管，当然，他还是那么可爱、那么善良，但是归根到底，现在的瓦夏却令人难以忍受，太不关心别人了！"你看，"他喊道，"莉赞卡，你看，这位就是我的阿尔卡季！怎么样啊？他是我最好的朋友，莉赞卡，拥抱他，亲吻他吧，先亲吻他一下，等以后了解更深一些后，你自个儿会吻他的……"怎么办？我要问，阿尔卡季·伊万诺维奇究竟该怎么办才好？而这时他的围巾还只解开一半！老实说，我对瓦夏的过分热情有时真是感到过意不去。当然，他的这种热情说明他心地善良，不过……这样总是叫人有些难为情，感到别扭！

最后两人终于走进屋子。老太太见到阿尔卡

季·伊万诺维奇有说不出的高兴;她早有耳闻,她……但是她的话没有说完。屋内欢快的"哎呀!"声把她的话打断了。我的天哪!莉赞卡面对突然打开的包发帽,站在那里,天真地抄着手,露出微笑……"我的天哪,为什么 Madame[1] 列卢那里没有更好的包发帽呢!哎呀,我的天哪,到哪儿去找比这顶更好的包发帽呢?这一顶已经够好的了!到什么地方去找更好的呢?我说的是实在话!"最后,恋人们的这种无端挑剔,甚至使我有些气恼和不愉快。喂,先生们,请各位自己看看,还有什么比这顶小爱神包发帽更好看呢!喏,请仔细看一看……但是,不,不,我的抱怨是多余的;他们个个都同意我的意见;那只是片时的迷误和糊涂,是心血来潮;我愿意原谅他们……但是,你们瞧……先生们,请你们原谅我老是谈论这顶包发帽。这顶用透花纱做的包发帽质地轻盈,在帽顶和荷叶边之间是一条做成花边的樱桃色的宽宽的绦带,后面是两条绦带,又宽又长,它们一直垂到脑后,搭在脖子上……只需将整个包发帽往后脑勺上稍许一推,喏,您就瞧吧,

---

[1] 法语:太太。

喏，过后我再征询您的意见！……不过，我看得出，您并没有在看！……看来您完全无所谓！您在朝另外一个方向看……您在看那双黑眸子里突然溢出的两滴珍珠般的泪水，它们在长长的眼睫毛上抖动一下，然后跌落下来，与其说落在列卢太太的艺术品般的透花纱上，还不如说是洒落在空中……我再次感到一阵心酸，因为这两滴眼泪几乎不是冲着包发帽的！……绝不是！依我看，赠送这种东西时必须十分冷静。只有那时候才能够真正认识它的价值！我承认，先生们，我这些话都是因为这顶包发帽，有感而发！

大家分别落座——瓦夏和莉赞卡坐在一起，老太太和阿尔卡季·伊万诺维奇在谈吐方面表现相当不错。我乐意要为阿尔卡季说句公道话。想不到他竟有这种能耐。有关瓦夏的两句话说过后，阿尔卡季巧妙地把话题一转，转到了瓦夏的恩人尤利安·马斯塔科维奇身上，而且转得非常机智，言辞也聪明伶俐，居然谈了一个小时，且余兴未尽。看得出，阿尔卡季·伊万诺维奇在谈到尤利安·马斯塔科维奇的某些特点时是多么巧妙，多么有分寸；他的这些特点与瓦夏都有着直接或间接的关系。然而连老太太也听得入迷了,简直是如醉如痴。她自己也承认这一点,她特意把瓦夏叫到一边,告诉他,说他的朋友非常了不起,是位十分招人喜欢的年轻人,而且最主要的是这个年轻人为人严肃,举止庄重。瓦夏高兴得几乎大笑起来。他回想起就是这位举止庄重的阿尔卡沙曾经在床上把他折腾了足足有一刻钟之久!后来老太太向瓦夏使了个眼色,对他说,要他悄悄跟她到另一间屋子去。应该承认,她这样做其实对莉赞卡有点不大好:老太太由于兴奋过度,背着莉赞卡,想把女儿为瓦夏准备的新年礼物私下给他看看。这是一个钱夹子,用珠子和金线绣成,上面的图案十分精美。钱夹的一面绣的是一只正在奔跑的小鹿,形象逼真,栩栩如生,好看极了!另一面是一位著名将军的肖像,绣得同样十分精美、逼真。瓦夏的兴奋心情我就不必说了。这时候大厅里也没有闲着。莉赞卡径直走到阿尔卡季·伊万诺维奇跟前,拉住他的双手,为了什么事直向他道谢。阿尔卡季·伊万诺维奇最后猜出这都是为了那位亲爱无比的瓦夏。莉赞卡甚至大受感动,只因她听说阿尔卡季·伊万诺维奇是她未婚夫的挚友,和瓦夏非常要好,时常照顾他,给他出主意、想办法,与他形影不离。甚至她,莉赞卡,也不能不向他表示谢意,抑制不住自己的感激心情。最后,她希望阿尔卡季·伊万诺维奇也能够喜欢上她,哪怕只有喜欢瓦夏的一半情意也行。后来她就开始询问瓦夏是否爱护自己的身体,对瓦夏特别热情的性格,以及他不善于待人接物和为人处世表示某种担心。她说,她今后将怀着宗教的热忱去照顾他,爱护他,关怀他的命运。最后,她希望阿尔卡季·伊万诺维奇不仅不离开他们,而且最好能和他们共同生活。

"我们三个人就像一个人一样!"她非常天真和兴奋地叫道。

但是该告辞了。大家要挽留他们,不过瓦夏断然谢绝,说实难从命。阿尔卡季·伊万诺维奇也做了同样的表示。他们当然问是什么原因,而且当即就弄清楚了,原来尤利安·马斯塔科维奇托瓦夏办一件急事,火急火燎的,后天上午必须完成,可眼下事情不仅没有办完,甚至完全停下了。一听这样,妈妈"哎呀"了一声,莉赞卡简直吓了一跳,心中不安起来,甚至催着瓦夏赶快离开。但他们最后的吻别完全没有受到此事的影响,他们的吻只不过是短暂一些,匆忙一些,却显得更热烈、更甜蜜。最后总算分手了,两个朋友匆匆回家了。

他们一到街上,两个人就争先恐后地相互谈论起自己的印象来。这也非常自然:阿尔卡季·伊万诺维奇爱上了莉赞卡,而且爱得要命!此事不对幸福无比的瓦夏说还能够对谁说呢?他这样做了,他并不感到于心有愧,当即向瓦夏承认了一切。瓦夏放声大笑,而且非常高兴,甚至说绝非多此一举,还说今后他们的朋友关系更亲密。"你猜到我心里去了,瓦夏,"阿尔卡季·伊万诺维奇说,"对!我爱她就像爱你一样;她也是我的天使,就跟是你的天使一样。再说你们的幸福也会传到我的身上,使我感到温暖如春。她也将是我的主妇,瓦夏,我的幸福也将掌握在她的手里,就让她对我也像对你那样当家作主好了。是啊,对你的友情就是对她的友情;你们俩现在对我来说是不可分割的了;现在我有两个这样的朋友,而以前只有你一个……"阿尔卡季由于感情激动无法再说下去了,他的话使瓦夏大受感动,因为他从未想到阿尔卡季能说出这样的话来。一般地说,阿尔卡季·伊万诺维奇不善于言谈,从来也不喜欢幻想;可是现在他却心潮澎湃,浮想联翩,脑子里出现种种最欢快、最新颖、最多彩的幻想!"我会爱护你们两个,关心你们。"他又说,"第一,瓦夏,我要为你所有的孩子举行洗礼,无一例外;第二,瓦夏,必须为将来着想。应该添置家具,租赁房间。知道吗,瓦夏,我明天就要去看招租启事。三间……不,两间,再多我们也用不着。我甚至想,瓦夏,今天我只是瞎说一气,钱会有的,没问题!我一看她的眼睛,立刻就知道钱会有的。一切都是为了她!嘻,我们会好好干的!现在,瓦夏,可以冒个险,花二十五卢布租一套房子。老弟,房子就是一切!有好的房子……人的心情就愉快,思想也活跃!再有嘛,莉赞卡是我们共同的财务主管,分金掰两,锱铢必较!好像怕我会下酒馆似的!你把我当成什么人了?我是怎么也不会去的!可是我们的收入会增加,我们会得到奖励,因为我们会非常卖力地工作,噢!非常卖力,像牛耕地一样!……喏,请想象一下。"阿尔卡季·伊万诺维奇的声音由于陶醉而变得有气无力。"说不定突然之间,完全出人预料,每人会给三十或者二十五个卢布呢!……因为一旦有奖励,就一定要去买包发帽、围巾、长筒袜等东西!她一定得给我打一条围巾；瞧我围的这一条，太不像样子了，黄兮兮的实在难看，今天它算让我丢丑了！瓦夏，你的表现也很不错，你介绍我的时候，我真是如坐针毡……不过问题完全不在这里！你瞧，问题是这样：所有的银器全由我包了！因为我必须送你们一份礼物，这是一种荣誉，是我的自尊心……要知道，我的那份奖励是不会泡汤的，总不会把它给斯科罗霍多夫吧？恐怕在这位细高个儿的口袋里放不了多久。老弟，我要给你们买银勺子——不是银的，而是上好精品，还要买一件坎肩，是给我自己买，因为我要当傧相！但是现在你要给我沉住气，一定要沉住气，老弟，今天，明天，还有一个通宵，我都要手持大棒，站在你身边催你干活：快点抄完！快呀，老弟，快！之后我们再去参加晚会，我们俩感到非常幸福；我们一起玩牌！……整个晚上我们都坐在一起消磨时光——唔，有多么好啊！可是，呸，真见鬼！太叫人泄气了；我帮不了你的忙。要不然拿过来我全替你抄了……谁让我们俩的笔迹不一样呢？"

"是啊！"瓦夏回答道，"是啊！应该赶快抄。我想，现在有十一点钟了；必须赶快抄……得抓紧工作了！"说完这些话，瓦夏突然平静下来，一言不发，加自己正想提个建议呢。奇怪的是我怎么没想到这一点。只不过,你知道吗?马芙拉起来不了,怎么也醒不过来……"

"是啊……"

"瞎说,没什么了不起!"阿尔卡季·伊万诺维奇喊道,光着脚从床上跳下来。"我自己去升茶炊。难道我是头一次吗?……"

阿尔卡季·伊万诺维奇跑进厨房,忙着侍弄茶炊去了。瓦夏接着往下抄。阿尔卡季·伊万诺维奇又穿好衣服,额外去小卖部跑了一趟,为的是想让瓦夏吃些东西,夜里接着抄。一刻钟后,桌子上摆放好了茶炊,他们开始喝茶,但是话却谈不起来。瓦夏一直迷迷糊糊的。

"好了,"他终于说话了,好像醒悟了过来,"明天得去祝贺……"

"你完全没必要去。"

"不,老兄,不去不行。"瓦夏说。

"我到各家替你把名字都签上……你还去干什么!你明天就好好抄吧。我说过,你今天可以抄到五点钟,然后稍微睡一会儿。不然明天你会成什么样子？我整八点钟叫醒你……"

"你替我签字，这样好吗？"瓦夏半推半就地说。

"有什么更好的方法？人们都这样做！……"

"不过，我怕……"

"有什么好怕的？"

"你知道，别人那儿倒没什么，而尤利安·马斯塔科维奇——他，阿尔卡沙，他是我的恩人，喏，一旦他发现是别人的笔迹……"

"发现，发现！咳，你这是怎么了，瓦休克！他怎么会发现？……要知道，你的名字我签出来跟你签的非常相似，真的，连往上挑的那一笔我也会写。好了，你别担心！谁能发现得了？……"

瓦夏没说什么，赶紧把自己那杯茶喝完……然后怀疑地摇了摇头。

"瓦夏，亲爱的！哎呀，我们真是走运！你这是怎么啦，瓦夏？你简直叫我害怕！这样吧，瓦夏，我现在也不睡了，也睡不着。给我看看，你手头剩的还多吗？"

瓦夏狠狠盯了他一眼，使阿尔卡季·伊万诺维奇吓了一跳，一时竟说不出话来。

"你怎么啦？瓦夏！你要干什么？为什么你这样看人？"

"阿尔卡季，明天我还是得去给尤利安·马斯塔科维奇祝贺节日。"

"喏，那你就去吧！"阿尔卡季说。他睁大眼睛看着瓦夏，怀着一种痛苦的期待。

"听我说，瓦夏，赶快抄，我不会给你出馊主意的，真的，真的不会！尤利安·马斯塔科维奇说过多少次了，他最欣赏的就是你的字体工整清晰！要知道，斯科罗普廖辛欣赏你那字帖般的清晰和秀丽，他只是想以后生办法借去，据为己有，带回家给孩子们作临摹之用，那个家伙不愿买字帖！而尤利安·马斯塔科维奇反复强调和要求的却只是：清晰，清晰，再清晰！你怕什么呢！真的！瓦夏，我真不知道该怎么跟你说才好。……我简直怕……你那么苦恼，我都要为你愁死了。"

"没关系，没关系！"瓦夏说着，疲惫不堪地倒在椅子上。阿尔卡季惊惶起来。

"想喝水吗？瓦夏！瓦夏！"

"不喝，不喝，"瓦夏说，紧紧握住他的手，"我没什么,阿尔卡季,只是觉得有点发愁。我自己也说不清是为什么。听我说,你最好讲点别的事,别跟我提……"

"放心吧,瓦夏,看在上帝的分上,放心吧。你一定能抄完,真的,一定能抄完!就算抄不完,那又能怎么样?能算是犯罪吗!"

"阿尔卡季。"瓦夏说,他意味深长地看了看自己这位朋友,使阿尔卡季吓了一大跳,因为瓦夏从来还没有如此忧愁过。"如果像以往那样,我独身一人……不!我不是这个意思。我一直想跟你说说,像朋友那样,推心置腹……其实,何必再打扰你呢?……你瞧,阿尔卡季,有的人得天独厚,福星高照,另外一些人,比如我,小打小闹,大器难成。喏,要是有人要你表示感激之情、尊敬之意,你能不照办吗?……"

"瓦夏!我真不明白你的意思!"

"我从来不是忘恩负义的人,"瓦夏继续低声说,他仿佛在自言自语,"但是,如果我表达不出我内心的感受,那么,这样一来……阿尔卡季,就好像我真的是个忘恩负义的人了,这使我感到万分痛苦。"

"你说的是什么呀!难道你的一切感激之情就表

现在你能按时把东西抄完这件事情上吗？好好想想，瓦夏，你说的是什么呀！难道这就表现了你的感激之情吗？"

瓦夏忽然默不作声了，他睁大眼睛，看着阿尔卡季，好像对方突然提出的论据打消了他的全部疑虑。他甚至露出了笑容，但转眼又现出原来心事重重的神态。阿尔卡季满心欢喜，他把瓦夏的微笑当成无所畏惧的表现，而把重新出现的心事重重的神态当成是努力向上的决心了。

"喏，阿尔卡沙，你醒来时，"瓦夏说，"看看我，没准儿我会睡着的，那可就糟了。现在我要坐下来工作了……怎么样，阿尔卡沙？"

"什么事？"

"不，我只是随便问一下，没什么事……我原想……"

瓦夏坐下后默默无语，阿尔卡季躺下睡觉了。关于科洛姆纳区一家人的事，两人谁也没有再多说什么。也许两个人都感到事情办得有些不妥，登门造访去得不是时候。阿尔卡季·伊万诺维奇很快便睡着了，心里还一直惦记着瓦夏的事，他自己也感到非常惊奇。

早上整八点钟,他醒了过来。瓦夏在椅子上睡着了,手里还握着笔,脸色苍白,疲惫不堪,蜡烛已经点完。厨房里马芙拉正张罗着茶炊。

"瓦夏!"阿尔卡季吃惊地叫道,"你什么时候睡着的?"

瓦夏睁开眼睛,从椅子上一跃而起……

"哎呀!"他说,"我就这样睡着了!……"

他立即扑向文件——不要紧,一切都好好的,墨水和蜡油都没有弄脏文件。

"我想,我是六点钟左右睡着的,"瓦夏说,"夜里真冷!我们来喝杯茶,然后我又得……"

"你吃过东西没有?"

"是——啊,没关系,我现在挺好的!……"

"新年快乐,瓦夏兄弟。"

"你好,老兄,你好,也祝你新年快乐,亲爱的。"

他们拥抱起来。瓦夏的下巴有些颤抖,眼睛湿润了。阿尔卡季·伊万诺维奇一声不响,心里非常难过。两人急匆匆地喝着茶……

"阿尔卡季!我决定亲自到尤利安·马斯塔科维

奇那里去……"

"要知道，他看不出来的……"

"我呀，老兄，我觉得良心上有点过意不去。"

"你又不是在家里闲坐着，你是在为他拼命呀……够了！我嘛，老兄，正好，我要到那儿去一趟……"

"到哪儿？"瓦夏问道。

"到阿尔捷米耶夫家，代表你我，去祝贺一下。"

"亲爱的，我的好朋友！那好！我留下来。对，我看你考虑得很周到。我在家正忙着工作，也没有白浪费时间！你等一下，我马上写封信。"

"写吧，老弟，写吧，来得及。我还要洗洗脸，刮刮胡子，刷一刷燕尾服。好了，瓦夏老弟，我们会称心如意、美满幸福的！拥抱我吧，瓦夏！"

"哎呀，那该有多好，老兄！……"

"公务员舒姆科夫先生是住在这里吗？"楼梯上传来一个小孩子的声音……

"住在这里，天哪，住在这里。"马芙拉说着，把客人让进来。

"外面什么事？什么，什么？"瓦夏喊道，从椅子上一跃而起,直奔前屋。"彼坚卡[1],是你呀?……"

"您好,瓦西里·彼得罗维奇,向您恭贺新年了。"一个十岁左右的漂亮的黑色鬈发男孩说,"姐姐向您致意,妈妈也向您致意,姐姐让我代她吻吻您……"

瓦夏把小使者高高举起,在他那酷似莉赞卡的嘴唇上来了一个甜蜜热烈的长吻。

"亲亲他,阿尔卡季!"他说,同时把彼佳[2]递了过去,彼佳的脚还未接触地面,立刻就投入了阿尔卡季·伊万诺维奇那急切而强劲的怀抱。

"我的小鸽子,想喝茶吗?"

"非常感谢。我们已经喝过了!今天我们很早就起来。我们家的人都去做祷告了。姐姐花了两个小时给我卷发、抹发蜡、洗脸,还把我的裤子给补好了,因为昨天在街上跟萨什卡玩时扯破了,我们打雪仗玩啦……"

"好,好,接着往下说!"

"那好,她使劲打扮我。让我到您这儿来;然后又给我抹了香膏,亲了亲,说:'到瓦夏那儿去吧,祝贺

---

[1] 彼坚卡是彼得的爱称。
[2] 彼佳也是彼得的爱称。

他,再问问他们是否称心如意,睡得好不好,还有……再问点什么——对了!再问问你们昨天谈的那件事搞完了没有……'就是你们在那里谈的……对了,我这里写着呢,"小男孩说,一面念他从口袋里掏出来的纸条,"对!他们非常不放心。"

"会搞完的!没问题!你就这样告诉她,就说会抄完的,一定能完成,真的!"

"哎呀!还有一件事……让我给忘了,姐姐让我捎给你一张字条,还有一件礼物,可是我给忘了!……"

"天哪!……我说你呀,我的小宝贝!在哪儿,在什么地方?是这个吗——啊?!瞧,老兄,她给我写的什么。我的乖乖,亲爱的!其实我昨天就看见了她给我做的钱包,还没有做好,这不,她说:现在给您送去秀发一束,表示永不离开您。你瞧,老兄,瞧呀!"

瓦夏喜不自胜地把这束世界上最黑、最浓的头发拿给阿尔卡季·伊万诺维奇看,然后又热烈地吻了吻它。珍藏在贴身的口袋,使它离心窝子近些。"瓦夏!我给你定做一个装饰框来放这束头发!"最后,阿尔卡季·伊万诺维奇坚决地说。

"我们家今天吃烤牛肉,然后,明天吃牛脑;妈妈还要做奶蛋饼干……不做黍米粥了。"小男孩说,一面考虑如何结束自己的谈话。

"啊,多好的孩子!"阿尔卡季·伊万诺维奇叫道,"瓦夏,你真是个尘世间最有福的人!"

小男孩喝完茶,接收了字条,被吻过千百次后,高高兴兴地走了出去,仍是那样地活泼可爱。

"喂,老弟,"兴高采烈的阿尔卡季·伊万诺维奇说,"瞧,事情有多么好,都看见了吧!一切都非常顺利,不用发愁,也不用害怕!要勇往直前!快点抄完,瓦夏,快点抄完!两点钟我回来,我先到他们那里走一趟,然后再到尤利安·马斯塔科维奇那里去……"

"那好,再见,老兄,回头见……但愿一切如意!……这样很好,你走吧,很好。"瓦夏说,"我嘛,说好就不到尤利安·马斯塔科维奇那里去了。"

"回头见!"

"等一下,老兄,等一下。请告诉他们,就说……喏,你自己看着办吧,吻吻她……老兄,回来可都得讲给我听呀……"

"那是自然,那是自然!不言而喻的事,知道!幸福使你完全变了个样!真是意想不到,从昨天起你已经是神不守舍了。你还没有从昨天的感受中摆脱出来。好了,不说了!拿出精神劲儿来,我的好瓦夏!再见,回头见!"

两位朋友终于分手了。整个上午,阿尔卡季·伊万诺维奇都无精打采,心不在焉,老想着瓦夏的事。他知道瓦夏性格脆弱,感情容易激动。"是啊,这是,这是幸福使他变了样了,我没有看错!"他自言自语地说,"天哪!他把忧愁也传染给我了。他这个人,无论什么事都能够酿成一场悲剧!头脑也太热了!哎呀,必须把他解救出来!必须解救他!"阿尔卡季说。他自个儿还没有意识到,在自己的心里,他已经把一件看似微不足道,其实也算不了什么的家庭不愉快琐事看成是大灾难了。直到十一点钟,他才来到尤利安·马斯塔科维奇家的门房,目的只是在门房那张墨迹斑斑、涂满字迹的纸上,在一长串贵宾的签名后面加上自己无足轻重的名字。不过真是怪了,他面前竟然闪过瓦夏·舒姆科夫的亲笔签名!这太使他吃惊了。"他这是怎么啦?"他想,不久前还满怀希望的阿尔卡季·伊万诺维奇,出来时已是愁肠百结,心绪不佳了。确实,一场灾祸正在酝酿之中,但是在什么地方呢?是什么样的灾祸呢？

他心事重重地来到科洛姆纳区，起初有点精神恍惚，但跟莉赞卡交谈后，出来时眼睛里含满了泪水，因为他真的为瓦夏担心了。他急匆匆地跑回家，在涅瓦河边与瓦夏·舒姆科夫碰了个正着。瓦夏也在奔跑。

"你往哪儿去？"阿尔卡季·伊万诺维奇喊道。

瓦夏停下来，像当场被捉住的罪犯。

"我，老兄，没什么，想出来走走。"

"坐不住了，到科洛姆纳区去了？你呀，瓦夏，瓦夏！喂，你为什么要到尤利安·马斯塔科维奇那里去呢？"

瓦夏没有作答，但后来挥了挥手，说：

"阿尔卡季！我也不知道我这是怎么回事！我……"

"好了，瓦夏，好了！可我知道这是怎么回事儿。要安静下来！你从昨天起就情绪激动，坐立不安了！你想想看，这样是要吃大亏的！大家喜欢你，跟你往来，你的工作也很顺利，你会把工作完成的，一定能完成。我知道你在想什么，你害怕……"

"不，没什么，没什么……"

"记得吗，瓦夏，还记得吧，你已经有过这么一次了。当时你得到一个职务，由于幸福和感激，你勤奋努力，加倍工作，只一个礼拜，你把工作搞砸了。现在你的情况就是这样……"

"对，对，阿尔卡季，不过现在的情况不一样，现在的情况完全不是……"

"不是什么，你得了吧！也许事情并不那么紧迫，可你心神不定的样子……"

"没什么，没什么，我就是这个样子。喏，咱们走吧！"

"你怎么要回家，不到他们那儿去了？"

"不，老兄，我现在有何颜面去？……我改变主意了。因为你不在，我一个人才坐不住，现在有你跟我在一起，这样我就可以坐下来抄写了，咱们走吧！"

他们走着，有一段时间默默无语。瓦夏一心急着赶路。

"你怎么不问我关于他们的情况呢？"阿尔卡季·伊万诺维奇说。

"哎呀,对了!说说,阿尔卡申卡[1],怎么样?"

"瓦夏,你真有些反常!"

"唉,没有的事,没有的事。告诉我,阿尔卡沙,都告诉我!"瓦夏用恳求的语气说,好像不愿做进一步的解释。阿尔卡季·伊万诺维奇叹了口气。他望着瓦夏,简直不知如何是好。

关于科洛姆纳区那家人的故事使他顿时活跃起来,甚至他也跟着说个没完。他们一道吃了午饭。当时老太太在阿尔卡季·伊万诺维奇的口袋里塞满了蛋奶饼干,于是两个朋友一边吃一边乐。午饭后,瓦夏答应去睡一会儿,打算晚上坐个通宵。他真的躺下了。早上有人请阿尔卡季·伊万诺维奇出去吃茶点。盛情难却,他无法回绝。两位朋友又分手了。阿尔卡季决定尽早回来,要是可能,他甚至八点钟就回家。三小时的分别对于他来说就好像是三年。最后他终于回到了瓦夏身边。他一进屋,只见一片黑暗。瓦夏不在家。他问马芙拉。马芙拉说,他一直在抄写,根本没有睡觉,后来他在屋里来回走动,再后来,一个小时前,他跑了

---

[1] 阿尔卡申卡是阿尔卡季的爱称。

出去。他说,半小时后回来。"他说,阿尔卡季·伊万诺维奇回来时你告诉他,老婆子,就说我出去走走。他一连吩咐我三遍,要么四遍。"马芙拉最后说。

"他在阿尔捷米耶夫家!"阿尔卡季·伊万诺维奇心里想,摇了摇头。

一分钟后,他一跃而起,心里充满了希望。他准是抄完了,他想,一定是这样,他坐不住了。一准跑那里去了。不过,不对呀!他应该等着我……我得看看,他到底怎么了!

他点上蜡烛,快步走到瓦夏的书桌跟前。工作在进展,看来离结束也不远了。阿尔卡季·伊万诺维奇本想再继续查看一下,但这时瓦夏突然走了进来……

"啊!你在这里?"他吃了一惊,叫道。

阿尔卡季·伊万诺维奇没有作声。他害怕问瓦夏。瓦夏低垂着眼睛,也默默无语地开始整理文件。最后,他们的目光相遇了。瓦夏的目光带着一种期望的、恳求的、沮丧的神情,阿尔卡季一见不禁打了个哆嗦。他的心在颤抖,真是心潮起伏、百感交集……

"瓦夏,我的好兄弟,你怎么啦?怎么回事?"他喊了一声,跑过去把他紧紧搂在怀里,"跟我说说,我不明白你是怎么想的,也不了解你的愁苦。你到底怎么了,我的苦命人?怎么回事儿?告诉我,不要隐瞒。不可能就这一件事……"

瓦夏把身子紧贴着他,一句话也说不出来。他感到喘不过气来。

"好了,瓦夏,不要这样!就算抄不完又能怎么样?我真不明白你是怎么想的,把你的苦衷跟我说说吧。要不,我替你去……哎呀,我的天哪,我的天哪!"他说着,不时在屋里来回走动,手边碰到什么便抓住不放,好像急着给瓦夏寻找良药似的。"明天我亲自代你去找尤利安·马斯塔科维奇,请求他,恳求他宽限一天。我要向他说明一切原委,既然你为此感到痛苦不堪……"

"你千万不要这样!"瓦夏叫道,脸色煞白,勉强站稳脚跟。

"瓦夏,瓦夏!……"

瓦夏清醒了过来。他的嘴唇在哆嗦,他想要说什么,却只是默默地、神经质地紧握住阿尔卡季的手……他的手冷冰冰的。阿尔卡季站在他面前,忧郁而苦恼地期待着。瓦夏又抬眼看了看他。

"瓦夏！上帝会保佑你的，瓦夏！我的朋友，你让我把心都操碎了，我亲爱的朋友。"

瓦夏泪如泉涌，一头扑到阿尔卡季胸前。

"我骗了你，阿尔卡季！"他说，"我骗了你，对不起，请你原谅！我辜负了你的友情……"

"什么，什么？瓦夏？怎么回事？"阿尔卡季问道，不禁大吃一惊。

"你看！……"

于是，瓦夏绝望地从抽屉里取出厚厚的六个笔记本，往桌上一扔，这些本子跟他正在抄写的本子一样。

"这是什么？"

"这就是我后天前必须得完成的工作。可是现在我连四分之一也没有完成！怎么会这样！那你就别问了，不要问了……"瓦夏继续说，可他自己立刻又讲起这件事如何折磨得他苦不堪言了。"阿尔卡季，我的朋友！我自己也不知道我这是怎么了！我好像是做了一场大梦。我白白浪费了整整三个礼拜。我总是……我……往她那里跑……我放心不下，我的心总是悬着……我苦恼极了……因此我无法坐下来抄写。这件事我连想也不去想了。只是到了现在，当幸福就要降临到我头上时,我才清醒了过来。"

"瓦夏!"阿尔卡季·伊万诺维奇斩钉截铁地说,"瓦夏!我来解救你。这一切我全明白。事情不是闹着玩的。我来解救你!你听着,听我说,明天我就去找尤利安·马斯塔科维奇……不,你不用摇头,你听我说!我把事情的原委都告诉他。请允许我如此办理……我会对他解释的……我豁出去了!我要对他说,你是如何地垂头丧气,如何地痛苦不堪。"

"知道吗,你这不是要我的命吗?"瓦夏说,吓得全身冰凉。

阿尔卡季·伊万诺维奇的脸色本来也变白了,但他想了一下后,立刻笑了起来。

"仅仅为了这个?就为这件事?"他说,"算了吧,瓦夏,至于吗!害臊不害臊?喂,听我说!看得出,我伤了你的心,让你不高兴了。你看,我是了解你的,我知道你在想什么。谢天谢地,毕竟我们在一起生活了五年!你这个人心地善良,温顺随和,但是性格脆弱,脆弱到令人不可原谅的程度。这一点连莉扎韦塔[1]·米

---

[1] 莉扎韦塔是莉扎的大名。

哈依洛夫娜都发现了。此外，你这个人还喜欢幻想，可要知道，这也并不好。老弟，这会让人走火入魔的呀！听我的话，因为我知道你希望的是什么！你是想，比如说，让尤利安·马斯塔科维奇大喜过望，甚至欣然同意为你的婚事举办一个舞会……噢，别急，别急！你直皱眉头。瞧，就我这么一句话，你便为尤利安·马斯塔科维奇不高兴了！算了，不谈他了。其实我本人也很尊敬他，而且不比你差！但要是我认为你希望你结婚时世界上根本没有不幸者存在，我想你总不至于和我争论并反对我的意见吧……是的，老弟，你不是也承认你很希望比如说我，你最要好的朋友，能突然变得有十万家产；希望天下所有的仇敌一下子都能言归于好，兴高采烈地在大街上热情拥抱，然后来到你家做客。我的朋友！亲爱的！我不是在说笑。确实是这样。你很早以前以各种形式向我描述的几乎就是这个样子。因为你感到很幸福，你希望所有的人，绝对是所有的人，都能一下子变得非常幸福。要是只有一个人幸福你会感到非常痛苦、非常难受！因此你现在竭尽全力希望成为一个无愧于这种幸福的人，甚至为了安慰自己的良心，你希望能建立某种功勋！唔，我也明白，在你需要表现出自己的热心、技能……乃至像你所说的感激之情的时候，你却宁愿使自己痛苦，突然变得不通情理了！你一想到尤利安·马斯塔科维奇发现你辜负了他对你的期望时会紧锁眉头，甚至大为生气时，你就会感到非常难过。听到你心目中的恩人的责备，你心里就会非常难过，而且是在这种时候！——在你喜不自胜、心花怒放的时候……难道不是这样吗？是这样吧？"

阿尔卡季·伊万诺维奇说完这些话时声音都发抖了，他停下来，喘了喘气。

瓦夏望着自己心爱的朋友，嘴上露出了微笑，甚至对希望的期待仿佛也使他脸上恢复了生机。

"嘻，你好好听着，"阿尔卡季又开始说，更加充满了希望，"因此，没必要让尤利安·马斯塔科维奇改变对你的良好印象。是吧，亲爱的？问题是在这里吗？要是在这里，那我就，"阿尔卡季说着，蓦地站了起来，"为你豁出去了。明天我就去找尤利安·马斯塔科维奇……你不要阻拦我！你呀，瓦夏，把自己的一点过错说成是罪行。而他，尤利安·马斯塔科维奇，是个心地宽厚、慈悲为怀的人，而且他跟你不一样！

瓦夏老弟,他会听你我把话讲完,然后帮我们摆脱困境。喂!你放心了吧?"

瓦夏含泪握住阿尔卡季的手。

"好吧,阿尔卡季,就这样,"他说,"事情就这样定了,喏,我没有抄完,也好,没抄完就没抄完吧。也不用你去了,我自己去,把一切都告诉他。我现在已经平静下来,完全平静了,只是你不要去……听我的吧。"

"瓦夏,我亲爱的!"阿尔卡季·伊万诺维奇高兴地叫道,"我是顺着你的话讲的,你思想通了,恢复了过来,我非常高兴,但是不管你怎么样,也不管你出什么事,我都在你身边,这一点请你记住!我知道,你非常苦恼,希望我什么也不要对尤利安·马斯塔科维奇说,那我就不说,什么也不说,你自己去说好了。这么办,明天你就去……要么,不,你不要去,就在这里抄写,懂吗?而我到那里了解一下,这件事怎么样,是不是很急,是不是必须如期完成,要是往后拖一拖,事情能怎么样?然后我赶回来再告诉你……你看,怎么样!有希望了吧?喏,想想看,事情要是不急,那不就可以赢得些时间。尤利安·马斯塔科维奇也可能不提这件事,那一切都得救了。"

瓦夏怀疑地摇摇头。但是他感激的目光一直没有从朋友的脸上移开。

"喏,好了,好了!我浑身无力,非常之累,"他气喘吁吁地说,"这件事我自己连想都不愿想了。喂,咱们谈点别的事吧!你瞧,现在我也不想抄了。听我说……我早就想问你了:你怎么会对我了解得这样一清二楚呢?"

瓦夏的眼泪滴到了阿尔卡季的手上。

"瓦夏,要是你知道我是多么爱你,你就不会这样问了,对吧!"

"对,对,阿尔卡季,我不知道这一点,因为……因为我不知道你为什么这样爱我!是啊,阿尔卡季,你的爱甚至曾使我感到非常难受,你知道吗?你知道有多少次,特别是当我躺下睡觉的时候,一想到你(因为我入睡前总是想到你),我的眼泪就流了出来,我的心就直发颤,因为,因为……唉,因为你如此地爱我,可我却无法排遣自己的心理压力,无法回报你的情意……"

"瞧你说的,瓦夏,你这个人呀!——现在你的情绪太激动了。"阿尔卡季说,此时此刻,他心里真是苦不堪言,他想起了昨天街上的情景。

"好吧。你希望我静下心来,可我从来还没有像现在这样平静和幸福过!你知道吗……听我说,我真想把一切都告诉你,可我总是怕伤了你的心……你一直忧心忡忡,老冲我发脾气,而我也不知道为什么。你知我想说什么来着。我觉得,以前我并不了解自己,真的!而且对别的人我也只是昨天才有所了解。老兄,以前我没有感觉到,没有充分重视。我的心肠……太硬……你听我说,正如所发生过的那样,我对世上任何人都没有做过好事,因为我无法去做,甚至我的样子都让人讨厌……可别人却处处为我做好事!首先是你,难道我就看不出来。我只是没吭声,没吭声而已!"

"瓦夏,别说了!"

"怎么,阿尔卡沙!怎么啦!……其实我没有什么……"瓦夏说不下去了,泪水差不多使他说不出话来。"昨天我跟你谈起过尤利安·马斯塔科维奇。其实你自己也知道,他这个人非常严格,甚至十分严厉,连你也挨过他几次批评,可是他昨天却跟我有说有笑,非常亲热,向我吐露了他对别人细心隐匿的古道热肠……"

"好呀,瓦夏,那又怎么样?这只能说明你无愧于自己的幸福。"

"哎呀,阿尔卡沙!我真想把这件事快点做完!……不,我会断送掉我的幸福的!我有一种预感!不过,不,不是通过这个,"瓦夏停下来,因为阿尔卡季朝桌上放的一大堆急件斜了一眼,"没关系,这是些抄好的文件……无足轻重!事情已经解决了……阿尔卡沙,我……今天去过那里,到了他们家……不过我没有进去。我心里难受极了,真是苦不堪言!我只是在门口站了一会儿。她在弹钢琴,我在外面听着。你瞧,阿尔卡季,"他压低声音说,"我没敢进去……"

"听我说,瓦夏,你这是怎么啦?怎么这样看着我呀?"

"什么?不要紧吧?我有点不大舒服,两条腿发颤,这是因为夜里坐久了。没错!我觉着两眼发黑。我这个地方,这里……"

他指指胸口,一下子昏了过去。

他醒过来后,阿尔卡季想采取强制措施。他硬要把他扶上床去。瓦夏怎么也不干,他哭着,挣扎着,一定要去抄写,非把那两页抄完不可。阿尔卡季怕把他惹急了,就放他去抄。

"瞧,"瓦夏说,一面坐好位置,"瞧,我有个主意,有希望了。"

他朝阿尔卡季微笑一下,苍白的脸上仿佛真的泛起了希望的光辉。

"这么办,后天我只把一部分抄件送去。向他撒个谎,就说其余部分烧了,弄湿了,丢了……最后,唉,就说没有抄写完。我这个人不会撒谎。我自己向他解释——知道怎么说吗?我全都告诉他,我就说:事情如此这般,我无法……我告诉他我在谈恋爱。他自己不久前才结的婚,他能够理解我的!当然,我做这一切的时候,要态度恭顺,语言平和,他看到我的眼泪,会被感动的……"

"对,当然要去,去找他,向他说明……不过这里用不着流泪!何必呢?真的,瓦夏,你可把我给吓了一跳。"

"好,我去,我一定去。可现在让我再抄一会儿,阿尔卡沙,让我再抄一会儿。我谁也不打扰,让我抄吧！"

阿尔卡季一头倒在床上。他不信瓦夏的话，决不相信。瓦夏什么事都干得出来。但是求人宽恕，宽恕什么、怎么宽恕？关键不在这里。关键是瓦夏没有尽到责任，他感到于心有愧，感到辜负了自己的命运；瓦夏因幸福而感到精神压抑，感到非常震惊，认为自己不配得到这样的幸福；最后，他一直想方设法给自己寻找往这边靠的借口，而从昨天起，他还没有从自己的意外感受中清醒过来。"这就是问题之所在！"阿尔卡季·伊万诺维奇想，必须拯救他。要让他自己解放自己。他现在是自己在毁掉自己。他想来想去，决定立刻去找尤利安·马斯塔科维奇，明天就去，把一切都告诉他。

瓦夏坐在那里在抄写。精疲力竭的阿尔卡季·伊万诺维奇躺在那里，想把事情再仔细考虑一下，谁知醒来时天已经快亮了。

"哎呀，糟糕！他又没睡！"他叫了一声，看了看瓦夏，瓦夏正坐在那里抄写。

阿尔卡季跑过去，抱住他，硬是把他拖到床上。瓦夏微笑着，他无精打采，眼睛睁不开了，说话几乎都很困难。

"我自己也想躺下,"他说,"阿尔卡季,知道吗,我有个主意,我要抄完它。我加快了抄写的速度!再坐下去我已经不行了,请在八点钟叫醒我。"

话没说完他就像死人一样睡着了。

"马芙拉!"阿尔卡季·伊万诺维奇对送茶进来的马芙拉小声说,"他让过一个钟头叫醒他。千万不能叫他!让他睡吧,睡十个小时也行,懂吗?"

"懂,老爷。"

"午饭不用做了!也不要劈木柴,不要弄出响声,难为你了!要是他问起我,就说我上班去了,懂吗?"

"我懂,老爷,让他睡个够,这对我有什么不好呢?我很高兴老爷能睡好,老爷的事我都很上心。日前我打破一只碗,您责备了我,其实那不是我打的,是猫咪米什卡打碎的,不过是我没有看好它。去,说你呢,该死的猫!"

"嘘——嘘,别出声!"

阿尔卡季·伊万诺维奇把马芙拉送进厨房,他要来钥匙,把她锁在里面,然后上班去了。一路上他反复考虑怎样去见尤利安·马斯塔科维奇这件事,这样去合适吗,是不是太唐突了?他小心翼翼地来到办公室,怯声怯气地打听大人在不在;有人回答他说大人不在,而且他不会来了。阿尔卡季·伊万诺维奇立刻就想到他府上去,但他仔细一想,既然尤利安·马斯塔科维奇大人没有来,那么他在家里也一定很忙,因此他留下来没有去。他觉得时间过得太慢了。他顺便问了问委托舒姆科夫的那件事。但是谁也无从知晓,只知道是尤利安·马斯塔科维奇给他的特殊任务——至于是什么,谁也不得而知。最后,时钟敲了三下,阿尔卡季·伊万诺维奇急着往家赶。一名文书在前厅里叫住了他,说瓦西里·彼得罗维奇·舒姆科夫已经来过,大约在一点钟的时候。文书又补充说,他问您是不是在这里,尤利安·马斯塔科维奇来过这里没有。一听这话,阿尔卡季·伊万诺维奇叫了辆马车,赶紧往家里跑,魂都要吓没了。

舒姆科夫在家里。他在屋内走来走去,情绪异常激动。一看见阿尔卡季·伊万诺维奇,他仿佛立刻便恢复了平静,转身一变,连忙掩盖起自己内心的激动了。他一声不吭地坐下来抄写,好像要尽量避免自己朋友的提问,因为他已经被这些问题搞烦了。他自己在想什么心事,而且决心对自己的主意只字不露,因为现在连友谊也不能再指望了。这使阿尔卡季大为惊讶,他的心被伤透了,真是肝肠寸断,痛不欲生。他坐到床上,打开一本他仅有的小书,可他的一双眼睛一直在盯着可怜的瓦夏。但瓦夏就是一言不发,只顾抄写,连头也不抬一下。就这样一连过了几个小时,阿尔卡季的痛苦达到了极限。最后,到了十一点钟,瓦夏才抬起头来,他用木然痴呆的目光看了看阿尔卡季,阿尔卡季耐心地等着。又过了两分钟,瓦夏一声不响。"瓦夏!"阿尔卡季喊了一声。瓦夏没有回答。"瓦夏!"他跳下床来,又喊了一声。"瓦夏,你怎么啦?你怎么回事?"他跑到他跟前喊道。瓦夏抬起头,又看了看他,目光依然迟钝发呆。"他痴呆了!"阿尔卡季想,吓得浑身发抖。他抓过盛凉水的长颈瓶,把瓦夏扶起来,往他头上浇些水,湿湿太阳穴,把他的手拉过来使劲地揉搓,这样瓦夏才醒了过来。"瓦夏,瓦夏!"阿尔卡季叫道。他泪流满面,再也忍不住了。"瓦夏,不能毁了自己,你醒醒!醒醒呀!……"他话没有说完就把瓦夏紧紧抱在自己怀里。瓦夏的整个脸上露出一种非常痛苦的神情,他不断揉搓前额,紧紧抱住脑袋,仿佛怕它会裂开似的。

"不知道我这是怎么了!"他终于开口说,"看来我这是精神压力过大,干得太猛了。这样也好,很好!没关系,阿尔卡季,不用发愁,没关系!"他看着他又说了一遍,目光忧郁,无精打采,"有什么可担心的?没关系!"

"你呀,你这是在安慰我。"感到揪心的阿尔卡季喊道。"瓦夏,"他最后说,"躺下睡一会儿怎么样?不要白白折磨自己了!最好等一等再坐下抄!"

"对,对!"瓦夏跟着说。"那好!我这就躺下。好吧,你说得对!瞧,我本想抄完的,现在不这样想了,何况……"

于是阿尔卡季硬把他拖到床上。

"你听我说,瓦夏,"他斩钉截铁地说,"这件事必须彻底解决!告诉我,你打算怎么办?"

"哎呀!"瓦夏说,他挥了一下有气无力的手,把头转向了另一边。

"够了,瓦夏,够了!该下决心了!我可不想成为杀害你的凶手:我不能再沉默下去了。我知道,决心不下你是睡不着觉的。"

"随你的便,随你的便。"瓦夏莫名其妙地重复说。

"认输了!"阿尔卡季·伊万诺维奇想。

"瓦夏,"他说,"你想想我跟你都说过些什么,因此我明天一定要去解救你,明天我将决定你的命运!我说的是什么?是命运!你可把我给吓坏了,瓦夏,吓得我自己说话都是你的腔调。什么命运!简直是一派胡言,无稽之谈!你不想失去尤利安·马斯塔科维奇对你的好感,要是你愿意的话,也就是他对你的爱。对!不想失去那就不失去好了,你瞧着吧……我……"

阿尔卡季·伊万诺维奇会一直不断讲下去的,但是瓦夏打断了他的话。他在床上坐起身,伸出双臂,默默搂住阿尔卡季·伊万诺维奇的脖子,吻了他一下。

"好了!"他低声说,"好了!不要再说这些了!"

然后他又把自己的脑袋转过去,对着墙壁。

"我的天哪!"阿尔卡季想,"我的天哪!他这是怎么啦?他完全没了主意。他究竟要怎么样?他会毁了自己的。"

阿尔卡季望着他,一筹莫展。

"要是他病了,也许倒好一些。"阿尔卡季想。

人病了，烦心的事也就过去了，一切事情都可以安排得妥妥当当。难道我这是瞎说吗！唉，我的造物主啊！……

这时瓦夏好像要睡着的样子。阿尔卡季·伊万诺维奇高兴起来。"好兆头！"他想。他决心陪他坐个通宵。但瓦夏本人并没有安然入睡。他不停地哆嗦，在床上辗转反侧，烦躁不安，时不时地把眼睛睁开一下。最后，困倦占了上风，看来，他睡着了，睡得跟死人一样。已经是半夜两点钟了，阿尔卡季·伊万诺维奇坐在椅子上，趴在桌子上打起盹来。他做了个忧愁而奇怪的梦。他总觉着自己并没有睡觉，瓦夏仍然躺在床上。不过事情怪了！他觉得瓦夏是在装睡，甚至是在骗他，很快他便会悄悄起来，眯起眼睛看着他，然后神不知鬼不觉地溜到书桌后面。阿尔卡季只觉心里一阵剧痛，他感到既苦恼，又忧伤，眼看着瓦夏不相信他，有事瞒着他，躲着他，这使他非常难过。他真想抱住他，大声叫喊，把他挪到床上……这时候，瓦夏在他怀里不停地喊叫，而他抱到床上去的竟是一具停止了呼吸的死尸。阿尔卡季的额头上直冒冷汗，他的心跳得很厉害。他睁开眼睛，醒了过来。瓦夏坐在他面前的桌子旁正在抄写。

阿尔卡季不敢相信自己的感觉,他往床上看了一眼,瓦夏不在那里。阿尔卡季惊得跳了起来,他还没有摆脱梦境的影响。瓦夏一动不动。他一直在抄写。突然,阿尔卡季吃惊地发现,瓦夏抄写用的笔根本没蘸墨水,他一页一页翻过去的完全是白纸。他紧赶慢赶地在纸上涂写不停,好像他干得有多么出色和多么顺利似的!"不好,这不是痴呆症吗!"阿尔卡季·伊万诺维奇想,顿时感到浑身都在发颤。"瓦夏,瓦夏!你说话呀!"他抓住瓦夏的肩膀大声喊道。但是瓦夏一声不吭,仍然用干笔尖继续在纸上抄写着。

"我终于加快了抄写速度。"他说,并未抬头看阿尔卡季。

阿尔卡季抓住他的手,把笔夺了过来。

瓦夏心里发出一声哀叹。他垂下手,抬头看着阿尔卡季,然后怀着疲惫忧伤的感情伸手摸了摸额头,好像想卸掉压在他全身的某种铅一般的重负,然后又慢慢地,仿佛若有所思地把头垂到胸前。

"瓦夏,瓦夏!"阿尔卡季·伊万诺维奇绝望地喊道,"瓦夏!"

一分钟后,瓦夏看了看他。他那浅蓝色的大眼睛满含着泪水,他苍白温顺的脸上流露出无限的痛苦……他小声说了句什么。

"什么,你说什么?"阿尔卡季向他俯身过去,喊道。

"这是为什么,为什么要送我去?"瓦夏低声说,"为什么?我做什么了?"

"瓦夏!你怎么啦?你怕什么呀,瓦夏?有什么好怕的?"阿尔卡季大声喊道,一面无可奈何地搓着手。

"为什么要送我去当兵?"瓦夏说,两眼直盯住阿尔卡季的眼睛。"这是为什么?我做了什么了?"

阿尔卡季的头发都竖起来了,他不愿相信这是真的。他站在他身旁,呆若木鸡。

很快,他清醒了过来。"不要紧,这是暂时现象!"他自言自语地说。他的脸色苍白,发紫的嘴唇在颤抖;他急急忙忙地去穿衣服。他想直接跑去找医生。突然,瓦夏叫他一声,阿尔卡季跑过去,像母亲一样紧紧抱住他,生怕有人夺走自己的孩子……

"阿尔卡季,阿尔卡季,对谁也不要说!你听着;是我的不幸!由我一个人承担……"

"你怎么啦?你怎么啦?醒一醒,瓦夏,醒一醒!"

瓦夏叹了口气,不禁悲从中来,潸然泪下。

"为什么要害她?她怎么了,她有什么错?……"瓦夏如怨如诉,声音悲切,撕心裂肺,"是我的错,是我的错!……"

他沉默了片刻。

"别了,我的心上人!别了,我的心上人!"他小声说着,一面摇晃着自己可怜的脑袋。阿尔卡季不禁哆嗦了一下,明白了过来,他想跑出去请医生。"是时候了,咱们走吧!"瓦夏喊道,他对阿尔卡季刚才的行动发生了兴趣。"咱们走吧,老兄,走,我准备好了!你送送我吧!"他沉默片刻,用忧郁怀疑的目光看着阿尔卡季。

"瓦夏,看在上帝的分上,你不要跟着我!你在这里等着。我立刻就回来,马上回到你的身边。"阿尔卡季·伊万诺维奇说,他失魂落魄地抓起帽子想跑出去寻找医生。瓦夏当即就坐了下来。他表现得既平静又温顺,只是眼睛里透出一种义无反顾的决心。阿尔卡季返回来,抓起桌上那把打开的小折刀,最后朝这个可怜的人看了一眼,跑出了屋内的黑暗。

他什么人也没有找到。他跑了已经整整一个小时。他向许多看门人打听医生的住址,是不是有哪位医生在家。但所有的医生都已经出门了,有的出诊去了,有的自己有事出去了。只有一位医生接待病人,仆人向医生通报了说涅费杰维奇来了,医生仔仔细细地询问很久,问是谁派他来的,他是什么人,有何急事,甚至问到这位一大早就上门的来访者有什么特征。最后结论是:不能接待,工作太忙,谢绝出诊,像这样的病人需要送医院治疗。

阿尔卡季惊讶之余,万般无奈,他怎么也没有想到竟会是这样的结果,于是他丢下一切,撇开世界上所有的医生,急匆匆地赶回家去,为了瓦夏,他早就被吓得魂飞魄散,惊恐万状了。他跨进屋子,见马芙拉正若无其事地在清扫地板,预备引火柴,打算生炉子。他走进里屋,不见瓦夏的踪迹:他从家里出去了。

"到哪儿去了?在什么地方?这个不幸的人能跑到哪儿去呢?"阿尔卡季想,吓得目瞪口呆。于是他开始盘问马芙拉。但是她什么都不知道,她没看见,也没听见他是怎么出去的。愿上帝能宽恕她!涅费杰维奇直奔科洛姆纳区而去。

天知道他怎么想起瓦夏会在那里。

他到那里时已经九点钟了。他们家里不知道他要来，而且什么也不知道，什么也没看到。他站在他们面前，一副失魂落魄、六神无主的样子。他问：瓦夏在什么地方？老太太两腿一软，瘫倒在沙发上。莉赞卡吓得浑身打战，一再问出了什么事。说什么好呢？阿尔卡季·伊万诺维奇急忙把话岔开，胡编一通他们当然不会相信的瞎话，然后赶紧跑开，使他们陷入震惊和惶恐之中。他急匆匆地赶回机关，至少为了不耽误时间，赶紧把情况告诉那里，以便尽早采取措施。路上他忽然想到瓦夏准是在尤利安·马斯塔科维奇那里。这个可能性最大，因为阿尔卡季首先想到的就是这个，比想到科洛姆纳区那家人要早。路过大人府第的时候，他本想停下来，但转念一想，又立即吩咐继续赶路。他决定先打听一下，机关里出什么事没有，然后，要是还找不到他，他决定就谒见大人，至少可以说是来报告关于瓦夏的情况的，总得向上面报告一下吧！

刚到接待室，他就被一些比他年轻的同事围住了。这些人大部分都是他的同级，他们异口同声地问他:瓦夏出什么事了?他们一齐说瓦夏疯了,说他是因玩忽职守,要被送去当兵而急疯的。阿尔卡季·伊万诺维奇回答着各方面的提问,或者,不如说对什么人也没有正面回答,他急着往里边的屋子跑。半道上听说瓦夏在尤利安·马斯塔科维奇的办公室里,人们都到那里去了,埃斯彼尔·伊万诺维奇也去了。他停住了脚步。有一位上点年纪的人问他要到哪里去,有什么事?他没有看清这个人的面孔,随便说了几句关于瓦夏的话,便直接向办公室走去。已经能够听见尤利安·马斯塔科维奇在办公室说话的声音了。这时候门口有人问他:"您要去哪里?"阿尔卡季·伊万诺维奇心乱如麻,简直不知该怎么回答。他正想转身回去,但他透过门缝,忽然看见了可怜的瓦夏。他推开门,勉强挤进了屋子。屋子里一片混乱,令人困惑莫解,此外,看样子尤利安·马斯塔科维奇感到非常难过。他身旁站了许多人,有的人比他的地位显要,站在稍远一点的地方。阿尔卡季看了他一眼,只觉得胸口一下子透不过气来。瓦夏站在那里,昂着头,脸色苍白,直挺挺的,两手下垂。他直盯着尤利安·马斯塔科维奇的眼睛,这时有人看见了涅费杰维奇,知道他们两人同屋居住,便报告给了大人。于是阿尔卡季被领到前面。他本想回答一些可能提出的问题,但一看到尤利安·马斯塔科维奇,见他脸上流露出真正的同情,不禁大为感动,像孩子似的号啕大哭起来。他甚至更进一步,急步上前,抓住上司的手,把它举到自己的眼前,让泪水顺着手流淌,以至尤利安·马斯塔科维奇本人不得不赶紧把手缩回来,在空中甩了一下,并且说:"唉,行了,老弟,行了。看得出,你的心很善良。"阿尔卡季放声大哭,用哀求的目光看着大家。他觉得人人都和可怜的瓦夏亲如兄弟,他们也都在为他黯然神伤,为他哭泣。"他这是怎么搞的,怎么会出这种事?"尤利安·马斯塔科维奇说,"他发疯的原因究竟是什么?"

"是出于感……感……感恩戴德!"阿尔卡季好不容易才说出来。

大家听了他的回答都感到迷惑不解,都觉得莫名其妙和不可理解:一个人怎么可能由于感恩戴德而发疯呢?阿尔卡季尽量向大家做些解释。

"天哪,太令人惋惜了!"尤利安·马斯塔科维奇最后说,"托付他办的那件事并不重要,而且根本不用着急。一个人真的就这样莫名其妙地给毁了！有什么办法呢，把他带走吧！……"这时尤利安·马斯塔科维奇又转身向阿尔卡季·伊万诺维奇再次发问："他要求这事不要对一个什么姑娘讲。"他指着瓦夏说："这姑娘是谁，他的未婚妻，是吗？"

阿尔卡季开始向他解释。这时候瓦夏好像在想什么心事，仿佛费了好大的劲儿，终于想起了一件眼下正用得着的要紧事情。他不时地转动着眼睛，显得非常痛苦，好像很希望能有人帮他想起被他忘了的事情。他眼睛盯住阿尔卡季。最后，他的两眼好像突然闪过一道希望之光，他迈出左脚，向前连跨三步，动作尽量做得干净利索，甚至右脚的靴子跟左脚并拢时还咔嚓一响，就像士兵走到召唤他的长官面前时那样。大家等着看会发生什么事情。

"大人，我生理上有缺陷，身体虚弱，个子瘦小，不适合当兵。"他断断续续地说。

这时候，屋子里所有的人都感到好像有人揪住了他们的心似的，甚至尤利安·马斯塔科维奇，尽管他性格刚强，也不禁掉下一滴眼泪。"把他带走吧。"他挥挥手说。

"木头脑袋!"瓦夏小声说,然后由左面来了个向后转,从屋里走出去。凡是关心他命运的人都跟着他涌了出去。阿尔卡季也紧跟在后面。瓦夏被领到接待室,等候指示和马车,以便送他去医院。他坐在那里,一声不响,看上去已忧心忡忡,极度不安。看到认识的人,他便点点头,好像在跟他们告别。他不时地向门口张望,准备着随时会有人喊他:"该走了!"他的四周被围得严严实实,所有的人都在摇头晃脑,唉声叹气。这件事一下子变得尽人皆知,而且许多人都感到非常惊讶。一些人议论纷纷,另一些人表示惋惜,称赞瓦夏为人谦虚,老实本分,是个大有前途的青年。他们说他多么勤奋好学,求知欲强,一心要学有所成。有人说他是"靠自己的力量,由底层脱颖而出的!",谈起大人对他的亲切关怀,大家无不交口称赞。一些人想探讨出个究竟,说为什么瓦夏会认定完不成工作就要被送去当兵,而且正是在这个问题上发疯了呢?他们说,这个可怜的人不久前才从平头百姓升为小公务员,全是靠尤利安·马斯塔科维奇的照顾、提拔,因为他发现瓦夏有才华,老实听话,而且性格非常温顺。总之,众说纷纭,不一而足。在非常惊讶的人群中,有个小矮个子特别引人注目,此人是瓦夏·舒姆科夫的同事,他已经不算很年轻了,大约三十岁的样子。他脸色刷白,全身发抖,而且不知怎的,露出了奇怪的微笑——也许是因为任何争吵或可怕场面都会使看热闹者感到既害怕又有几分高兴吧。他在围绕舒姆科夫的人群里不时地跑动,由于个子矮,他就踮着脚,抓住前面和旁边人的衣服纽扣——当然,只是那些他敢抓的人的纽扣——而且总是不停地说,这事的起因他都知道,说这件事非同一般,相当重要,不能就此罢了。后来,他又踮起脚,对别人耳语几句,又连连点头,继续向前跑去。最后,一切终于收场,来了一位守卫人员,一位医院的医士,他们走到瓦夏跟前,对他说,该走了。他猛地站起身,一阵忙乱,然后跟着他们走去,还不时地左看看,右看看。他在用眼睛找什么人!"瓦夏!瓦夏!"阿尔卡季·伊万诺维奇边哭边喊。瓦夏停住脚步,阿尔卡季向他挤了过去。他们最后一次相互拥抱,紧紧地抱在一起⋯⋯此情此景,令人伤怀,是什么荒诞不经的不幸使他们伤心落泪?他们为什么而哭泣?不幸在哪里?他们为什么相互不能理解?⋯⋯

"给你，给你，拿住！要好好保存，"瓦夏·舒姆科夫说，把一团什么纸塞到阿尔卡季手里，"他们会给我拿走的。以后你给我带来，一定带来。好好保管……"瓦夏的话没有说完，有人在叫他。他急忙从楼梯上往下跑，一面向大家频频点头，表示告别。他的脸上充满了绝望的表情。最后，他被送上马车，拉走了。阿尔卡季急忙打开那团纸，是莉扎的一束黑发，瓦夏·舒姆科夫从没有和它分开过。阿尔卡季心头一酸，泪如雨下。"唉，可怜的莉扎！"

下班后，他去了科洛姆纳区那一家。那里的情况就不必说了！就连彼佳，那个还不太明白善良的瓦夏出了什么事的小孩子彼佳，也躲在屋角，用小手捂住脸，失声痛哭，为他幼稚的心灵的记忆而哭泣。阿尔卡季回家时，天已经完全暗了下来。他走近涅瓦河，逗留片刻。沿河望去，一片雾霭迷茫，前面是寒冷而朦胧的远方，血红的晚霞在暮色苍茫的天穹中放出它最后的紫色的余晖，染红了天边。夜色已经笼罩在城市的上空，涅瓦河上的冻雪看上去蓬松肿胀，这是一片广阔无垠的原野，在斜阳余晖的映照下，闪烁着无数亮晶晶的小火花。当时是零下二十度的严寒。被死命催赶的马匹和奔跑的人们身上冒着寒冷的水汽。任何细小的声音都能使凝重的空气发生颤抖。两岸所有的屋顶上都升起了道道烟柱,它们像一个个巨人,冒着严寒,直上云霄。半途中它们时而互相交错,时而分道扬镳,看上去好像旧房上面建起了新房,一座新城市腾空而起……最后,仿佛这整个世界,连同它所有的居民,强者和弱者,他们所有的房屋,贫民窟或金碧辉煌的府邸——当今世界强者的乐园,在这黄昏时刻,都像是一种虚构的神话幻想,像一场梦幻,转眼就会化为乌有,变成袅袅青烟,飘向蓝天。一种古怪的想法在孤苦伶仃的阿尔卡季——可怜的瓦夏的朋友——的脑海里油然而生。他打了个寒噤,霎时间,他的心仿佛受到一种迄今从未体验过的强烈的感受的撞击,只觉得心潮澎湃,热血沸腾。他好像现在才懂得了这全部苦恼,知道他可怜的、承受不了自己幸福的瓦夏为什么发疯了。他的嘴唇哆嗦,眼睛发亮,面色苍白,此时此刻,他仿佛悟出了什么新的道理……

他变得百无聊赖,幽愁暗恨,再也看不到他笑容可掬的样子了。他憎恨原来的房子,便更换了住处。科洛姆纳区那家人那里,他不愿去也不能去了。两年后,他在教堂遇见了莉赞卡。她已经嫁了人,怀抱婴儿的奶妈跟在她的身后。他们互相问了好,但很长时间大家都避免提及往事。莉扎说,托上帝的福,她很幸福,没有受穷,她的丈夫心地善良,她很爱他……但是突然,说话间,她的两眼含满了泪水,声音也变低了,她转过身去,靠在教堂的台基上,不愿让人看见自己的痛苦……

陀思妥耶夫斯基年表

1821年
11月11日,费奥多尔·陀思妥耶夫斯基生于莫斯科一个医生家庭,在七个子女中排行老二。他患有癫痫,9岁首次发病,之后间或发作伴其一生。

1834年
陀思妥耶夫斯基和哥哥一起,进入莫斯科寄宿学校切尔马克就读。兄弟二人都将文学视作自己的梦想。

1837年
普希金逝世,陀思妥耶夫斯基受到极大震动,常年缠绵病榻的母亲也因肺结核去世。他和哥哥一起被送往彼得堡求学。

1838年
进入彼得堡军事工程学校学习。在此期间,除了接受军事训练,还接受了人文教育,他尤其醉心于德意志和法国的浪漫主义文学。

1839年
陀思妥耶夫斯基的父亲去世,死因不明。

1843年
从彼得堡军事工程学校毕业后,在彼得堡工程兵司令部所属工程兵团注册服役。

1844年
退伍,并成功发表了他翻译的巴尔扎克的长篇小说《欧也妮·葛朗台》。

1845年
完成自己的首部作品《穷人》。别林斯基阅读后称其为"俄罗斯的第一篇社会小说,揭示了俄罗斯人生活和性格中的秘密"。

1846年
1月,《穷人》成功发表,广获好评。
2月,在《祖国纪事》发表《双重人格》。

1847 年
《穷人》单行本出版,陀思妥耶夫斯基成为文学界的名人。因对空想社会主义感兴趣,参加了彼得拉舍夫斯基小组的革命活动。因文学上的分歧与别林斯基决裂。《女房东》发表后,他将创作对象转向了另一类知识分子—"幻想家"。

1848年
《白夜》发表,陀思妥耶夫斯基将其对幻想家的心理描写发挥到极致。开始创作《涅朵奇卡》,但因为之后被流放,中断了创作,导致该篇作品未完成。

1849年
因牵涉反对沙皇的革命活动而被捕,原被宣判为枪决,却在临刑前收到赦免令,改为发配西伯利亚服刑。在此期间,他的思想发生巨变,癫痫也发作得越来越频繁。

1854年
刑满获释后,被要求在西伯利亚服兵役。

1857年
与玛丽亚·德米特里耶夫娜·伊萨耶娃结婚,这次婚姻并不幸福。蜜月期间,他的癫痫剧烈发作。

1859年
因身体原因,陀思妥耶夫斯基获准退役,并返回彼得堡。

1861年
开始连载他的第一部长篇小说《被侮辱与被损害的人》,这部作品被视为陀思妥耶夫斯基的过渡作品,其中既有前期对社会苦难人民的描写,又有后期的宗教与哲学探讨。

1862年
连载《死屋手记》,他以自己在西伯利亚服苦役的经历为原型,让本国民众第一次看到了政治犯所要面临的刑罚。

1864年
连载《地下室手记》,妻子和长兄相继去世。因照顾长兄家人,几乎耗尽所有积蓄。寄希望通过赌博还债,却背下更重的债务,最终被迫到欧洲避债。

1866年
与女速记员安娜相识相知,后向其求婚。陀思妥耶夫斯基向其口授中篇小说《赌徒》,两人高效合作,一个月内完成了作品《赌徒》。《罪与罚》出版,标志着陀思妥耶夫斯基的文学生涯进入了新时代,该书也为其赢得世界性声誉。

1867年
《赌徒》出版,陀思妥耶夫斯基与安娜结婚,夫妇二人出国旅行。

1868年
12月,《白痴》竣稿。这部小说极具陀思妥耶夫斯基个人的色彩,以拿破仑和1812年的卫国战争为背景。

1871年
一家从国外返回彼得堡。

1872年
完成小说《群魔》，批判了当时在俄国盛行的政治和道德上的虚无主义思想，以及这种思潮可能带来的灾难性影响，遭到了批评家的强烈反对。

1873年
创办《作家日记》，将新闻报道、政论文章和文学作品融于一体，直接介入当时的社会舆论和思想斗争。

1875 年
发表小说《少年》，描绘了当时俄国的拜金主义对青年一代灵魂的腐蚀。

1876年
恢复《作家日记》的写作，并开始出单行本。11月号上载有短篇小说《温顺的女性》。

1880年
在莫斯科参加普希金纪念碑揭幕典礼，并发表演讲。发表《卡拉马佐夫兄弟》，这是陀思妥耶夫斯基后期最重要的作品，是其哲学思考的总结。

1881年
2月9日，因肺部出血去世，享年59岁。安葬于彼得堡。

无界文库

001	悉达多	［德］赫尔曼·黑塞 著	杨武能 译
002	局外人	［法］阿尔贝·加缪 著	李玉民 译
003	变形记	［奥］弗朗茨·卡夫卡 著	李文俊 译
004	窄门	［法］安德烈·纪德 著	李玉民 译
005	瓦尔登湖	［美］亨利·戴维·梭罗 著	孙致礼 译
006	罗生门	［日］芥川龙之介 著	文洁若 译
007	雪国	［日］川端康成 著	高慧勤 译
008	红与黑	［法］司汤达 著	王殿忠 译
009	漂亮朋友	［法］莫泊桑 著	李玉民 译
010	地下室手记	［俄］陀思妥耶夫斯基 著	刘文飞 译
011	简·爱	［英］夏洛蒂·勃朗特 著	宋兆霖 译
012	老人与海	［美］欧内斯特·海明威 著	孙致礼 译
013	傲慢与偏见	［英］简·奥斯丁 著	孙致礼 译
014	金阁寺	［日］三岛由纪夫 著	陈德文 译
015	月亮与六便士	［英］威廉·萨默赛特·毛姆 著	楼武挺 译
016	斜阳	［日］太宰治 著	陈德文 译
017	小妇人	［美］路易莎·梅·奥尔科特 著	梅静 译
018	人类群星闪耀时	［奥］斯蒂芬·茨威格 著	潘子立 译

编号	书名	作者	译者
019	我是猫	[日]夏目漱石 著	竺家荣 译
020	伤心咖啡馆之歌	[美]卡森·麦卡勒斯 著	李文俊 译
021	伊豆的舞女	[日]川端康成 著	陈德文 译
022	爱的饥渴	[日]三岛由纪夫 著	陈德文 译
023	假面的告白	[日]三岛由纪夫 著	陈德文 译
024	白夜	[俄]陀思妥耶夫斯基 著	郭家申 译
025	涅朵奇卡	[俄]陀思妥耶夫斯基 著	郭家申 译
026	带小狗的女人	[俄]契诃夫 著	沈念驹 译
027	狗心	[苏]米哈伊尔·布尔加科夫 著	曹国维 译
028	黑暗的心	[英]约瑟夫·康拉德 著	黄雨石 译
029	美丽新世界	[英]阿道斯·赫胥黎 著	章艳 译
030	初恋	[俄]屠格涅夫 著	沈念驹 译
031	舞姬	[日]森鸥外 著	高慧勤 译
032	一个孤独漫步者的遐想	[法]让-雅克·卢梭 著	袁筱一 译
033	欧也妮·葛朗台	[法]巴尔扎克 著	傅雷 译
034	高老头	[法]巴尔扎克 著	傅雷 译
035	田园交响曲	[法]安德烈·纪德 著	李玉民 译
036	背德者	[法]安德烈·纪德 著	李玉民 译
037	鼠疫	[法]阿尔贝·加缪 著	李玉民 译
038	好人难寻	[美]弗兰纳里·奥康纳 著	于是 译
039	流动的盛宴	[美]欧内斯特·海明威 著	李文俊 译
040	一个青年艺术家的画像	[爱尔兰]詹姆斯·乔伊斯 著	黄雨石 译
041	太阳照常升起	[美]欧内斯特·海明威 著	吴建国 译
042	永别了,武器	[美]欧内斯特·海明威 著	孙致礼 周晔 译

043	理智与情感	[英]简·奥斯丁 著	孙致礼 译
044	呼啸山庄	[英]艾米莉·勃朗特 著	孙致礼 译
045	一间自己的房间	[英]弗吉尼亚·伍尔夫 著	步朝霞 译
046	流放与王国	[法]阿尔贝·加缪 著	李玉民 译
047	巴黎圣母院	[法]维克多·雨果 著	李玉民 译
048	卡门	[法]梅里美 著	李玉民 译
049	伪币制造者	[法]安德烈·纪德 著	盛澄华 译
050	潮骚	[日]三岛由纪夫 著	唐月梅 译
051	了不起的盖茨比	[美]F.S.菲茨杰拉德 著	吴建国 译
052	夜色温柔	[美]F.S.菲茨杰拉德 著	唐建清 译
053	包法利夫人	[法]居斯塔夫·福楼拜 著	罗国林 译
054	羊脂球	[法]莫泊桑 著	李玉民 译
055	一个陌生女人的来信	[奥]斯蒂芬·茨威格 著	韩耀成 译
056	象棋的故事	[奥]斯蒂芬·茨威格 著	韩耀成 译
057	古都	[日]川端康成 著	高慧勤 译
058	大师和玛格丽特	[苏]米哈伊尔·布尔加科夫 著	曹国维 译
059	禁色	[日]三岛由纪夫 著	陈德文 译
060	鳄鱼街	[波兰]布鲁诺·舒尔茨 著	杨向荣 译
061	呐喊		鲁迅 著
062	彷徨		鲁迅 著
063	故事新编		鲁迅 著
064	呼兰河传		萧红 著
065	生死场		萧红 著
066	骆驼祥子		老舍 著

067	茶馆	老舍 著
068	我这一辈子	老舍 著
069	竹林的故事	废名 著
070	春风沉醉的晚上	郁达夫 著
071	垂直运动	残雪 著
072	天空里的蓝光	残雪 著
073	永不宁静	残雪 著
074	冈底斯的诱惑	马原 著
075	鲜花和	陈村 著
076	玫瑰的岁月	叶兆言 著
077	我和你	韩东 著
078	是谁在深夜说话	毕飞宇 著
079	玛卓的爱情	北村 著
080	达马的语气	朱文 著
081	英国诗选	[英]华兹华斯 等 著　王佐良 译
082	德语诗选	[德]荷尔德林 等 著　冯至 译
083	特拉克尔全集	[奥]格奥尔格·特拉克尔 著　林克 译
084	拉斯克 - 许勒诗选	[德]拉斯克 - 许勒 著　谢芳 译
085	贝恩诗选	[德]戈特弗里德·贝恩 著　贺骥 译
086	杜伊诺哀歌	[奥]里尔克 著　林克 译
087	致俄耳甫斯的十四行诗	[奥]里尔克 著　林克 译
088	巴列霍诗选	[秘鲁]塞萨尔·巴列霍 著　黄灿然 译
089	卡瓦菲斯诗集	[希腊]卡瓦菲斯 著　黄灿然 译
090	智惠子抄	[日]高村光太郎 著　安素 译

091	红楼梦	[清]曹雪芹 著
092	西游记	[明]吴承恩 著
093	水浒传	[明]施耐庵 著
094	三国演义	[明]罗贯中 著
095	封神演义	[明]许仲琳 著
096	聊斋志异	[清]蒲松龄 著
097	儒林外史	[清]吴敬梓 著
098	镜花缘	[清]李汝珍 著
099	官场现形记	[清]李宝嘉 著
100	唐宋传奇	程国赋 注评
101	茶经	[唐]陆羽 著
102	林泉高致	[宋]郭熙 著
103	酒经	[宋]朱肱 著
104	山家清供	[宋]林洪 著
105	陈氏香谱	[宋]陈敬 著
106	瓶花谱 瓶史	[明]张谦德 袁宏道 著
107	园冶	[明]计成 著
108	溪山琴况	[明]徐上瀛 著
109	长物志	[明]文震亨 著
110	随园食单	[清]袁枚 著